KB155472

스켈레톤 마스터

WISHBOOKS GAME FANTASY STORY
더페이서 게임 판타지 장편소설

스켈레톤 마스터 4

더페이서 게임 판타지 장편소설

초판 1쇄 찍은 날 | 2018년 9월 7일
초판 1쇄 펴낸 날 | 2018년 9월 14일

지은이 | 더페이서
펴낸이 | 예경원

기획 | 위시북스
편집책임 | 이규재
편집 | 위시북스

펴낸곳 | 예원북스
등록번호 | 제396-2012-000132호
등록일자 | 2012. 7. 25
KFN | 제1-305호

주소 | 경기도 고양시 일산동구 호수로 646-24 위너스21II빌딩 206A호 (우)10401
전화 | 031-819-9431 팩스 | 031-817-9432
E-mail | yewonbooks@naver.com

ISBN 979-11-89450-30-4 04810
      979-11-89348-43-4 (set)

스켈레톤 마스터 ④

WISHBOOKS GAME FANTASY STORY

더페이서 게임 판타지 장편소설

Wish Books

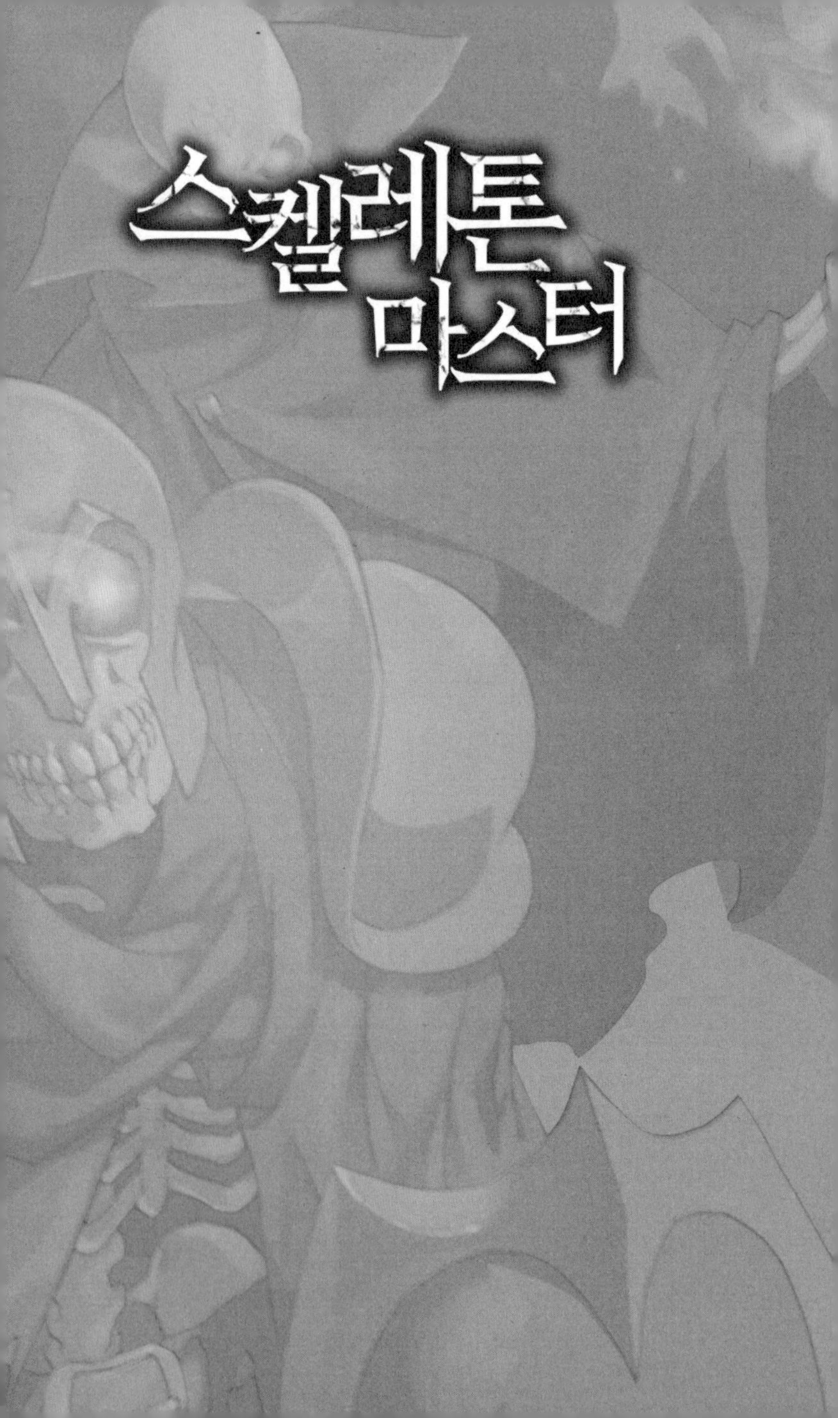
스켈레톤
마스터

••• CONTENTS •••

제1장 붉은 탑   7

제2장 유저 학살   67

제3장 정보의 힘   139

제4장 동창회   219

제5장 파스칼의 영혼   281

제1장
붉은 탑

무혁은 서둘러 카이론 백작을 찾아가 수색에 대한 현재 상황을 간략하게 설명했다. 물론 거짓도 적절하게 섞어서 말했다.

"으음, 그러니까 그들이 6층에 있다?"

"네, 7층까지 올랐지만 그곳에 있는 몬스터가 너무 강해서 도저히 이길 수가 없었습니다. 제 판단 착오입니다. 죄송합니다."

처음 이야기를 들을 때는 조금 불편한 표정을 짓던 카이론 백작이었지만 무혁의 말이 이어질수록, 또 진심을 다해 사과하는 모습을 보일수록 태도가 부드러워졌다.

"흐음, 그럴 수도 있지. 그보다 자네는 어떻게 내려왔나?"

"백작님도 알다시피 제가 이방인입니다. 혼자서는 내려올 능력이 충분히 있었습니다. 문제는 그들하고 같이 내려오려면 또다시 몬스터를 사냥해야 하는데, 그게 힘든 상황이라 지원을 요청하려고 왔습니다."

"잘 생각했군. 좋아, 곧바로 병력을 내어주겠네."

"감사합니다."

"자네의 성과는 그들이 돌아왔을 때 치하하겠네."

"예."

카이론 백작은 곧바로 인원을 소집했다. 기사 10명과 마법사 한 명. 총 11명과 함께 목적지로 향했다.

도착하자마자 진입하여 2층으로 향했다. 변종 광견을 가볍게 처리하고 3층, 4층으로 올라갔다. 기사단이 나서서 가볍게 검을 휘두르기만 해도 몬스터가 녹아버렸기에 올라가는 데 걸리는 시간이 매우 단축되었다. 새벽까지 움직여서 6층까지 오른 무혁은 7층으로 향하는 계단에서 멍하니 앉아 있는 지망생들을 발견하곤 빠르게 달려갔다.

"너희들!"

"조, 조장님?"

무혁을 발견한 지망생들이 몸을 벌떡 일으켰다. 하나같이 놀란 표정이었지만 그중에서도 특히 오운과 파쿤이 가장 격한 반응을 보였다. 무혁의 마지막 명령을 들은 이들이었으니까.

"다행이다. 모두 살아 있어서."

"조장님이야말로……."

"도대체 어떻게 된 거예요?"

무혁은 그들에게 정체를 밝혔다.

"나, 사실은 이방인이야."

"예?"

"이방인이라면……."

일루전의 NPC는 이방인, 그러니까 유저를 신의 선택을 받은 자로 받아들이고 있었다. 물론 죽지 않는다는 사실은 알지 못했다. 아무리 NPC라고는 해도 사람과 동일한 생각을 하는 이상 말도 안 되는 상식은 주입하기 힘들었다. 때문에 죽음에 관한 부분은 특별한 능력으로 대체했다.

"능력 하나를 사용해서 살아남았지."

"아……!"

그들은 무혁의 정체에도 별다른 반응이 없었다. 신의 선택을 받은 자들인 이방인이라고 하더라도 NPC와 다를 게 없는 이상 배척할 필요도, 그렇다고 너무 선망할 필요도 없었다.

"진짜 다행이에요!"

"전 죽은 줄로만 알고……."

그리고 어떻게 살았는지 보다 무혁이 살아 있다는 사실 자체에 안도하고 있었으니 무혁으로서는 지망생들의 마음이 그저 고맙기만 했다.

"일단 나가자."

"아, 네!"

그제야 무혁의 뒤쪽에 있는 기사를 발견한 모양이다. 지망생들이 쏜살같이 움직여 그들에게 인사했다.

"요, 용맹 기사단장님을 뵙습니다!"

"그래, 고생했다."

기사단장의 한마디에 지망생들이 감격에 몸을 떨었다.

"상태는 나빠 보이지 않는군."

"네!"

"괜찮습니다!"

"좋아, 휴식은 없다. 곧바로 7층의 몬스터를 죽이고 귀환한다."

"알겠습니다!"

기사들과 함께 7층으로 올랐다. 홀로 폭주하고 있던 외눈박이 거인이 올라온 기사들을 보더니 달려들었다.

"제가 가겠습니다."

한 기사가 앞으로 나섰다.

파밧.

달려 나간 기사와 외눈박이 거인이 중간에서 부딪쳤다가 이내 스치듯 지나친다.

쿠웅.

네 조각으로 잘려 버린 거인의 모습이 보였다.

허, 참······.

역시 레벨이 깡패였다. 저렇게 쉽게 잡으니 조금 허무하기는 했지만 저들처럼 강해져야겠다는 생각이 더욱 강하게 들었다.

"끝인가?"

"그런 것 같습니다."

"좋아, 살펴보고 가지."

7층을 돌아다니던 기사 한 명이 워프 게이트를 발견했다.

"여기 자동 워프 게이트가 있습니다."

"그래? 하이브 님, 한번 봐주시겠습니까?"

"알겠습니다."

마법사가 워프 게이트를 살폈다.

"운이 좋군요."

"그 말씀은……?"

기사단장과 마법사가 대화를 나눴다.

"이 게이트는, 위브라 제국의 신전과 연결되어 있습니다."

"오호."

이후 조금 더 주변을 살폈을 때.

"여기도 뭔가 있습니다!"

"그건 또 뭐지?"

단장과 기사들, 그리고 무혁의 시선이 향한 그곳에는 새빨 간 구슬이 있었다. 순간 무혁의 눈이 빛났다.

"제가 봐도 될까요?"

"음, 자네가?"

"예, 들어본 적이 있는 것 같습니다."

"그렇다면야."

기사단장도 카이론 백작의 손님인 무혁을 무시할 순 없었는지 구슬을 무혁에게 건넸다. 그에게 고마움을 표하고 빨간 구슬에 손을 올렸다.

[붉은 탑의 구슬]
탑을 활성화한다.

설명은 정말 단순했지만 이걸로 확신할 수 있었다. 구슬을 활성화하는 순간 새로운 컨텐츠 '탑'이 오픈되는 것이다.

MP만 주입하면 되는데…….

조금 걱정이 되었다. 탑이 활성화되었을 때 카이론 백작이나 저들의 반응이 어떨지 장담할 수 없었기 때문이다. 어쩔 수 없지. 지금은 거짓말을 할 필요가 있다. 무혁이 고개를 돌렸다.

"아무래도 활성화시킬 수 있을 것 같은데요."

"활성화?"

"네, 저도 정확히는 모르겠지만 무언가를 활성화시킬 수 있는 건 확실합니다."

"흐음……."

단장이 조금 고민했다.

활성화라……. 무엇을 활성화한단 말인가? 숨겨진 뭔가가 있는 건가? 어차피 기껏해야 허접한 몬스터들이 기거하는 장소다. 위험 부담도 없고. 이 정도 권한은 충분히 있으니까.

생각의 추가 한쪽으로 기울었다.

"좋아, 한번 해보게."

"알겠습니다."

무혁은 대답과 함께 씨익 미소를 띄우며 구슬에 MP를 주입했다.

[모든 MP를 주입합니다.]

[활성화 조건이 충족됩니다.]

[활성화시키겠습니까?]

[Yes/No]

당연히 예스였다.

그 순간 떠오른 메시지.

[새로운 컨텐츠 '탑'이 오픈됩니다.]

['탑'의 오픈과 연관된 퀘스트가 발생합니다.]

[위브라 제국에 위치한 '붉은 탑'의 모습이 드러납니다.]

전 세계의 유저가 그것을 보고 있었다.

무혁에게는 추가로 몇 개의 메시지가 더 떠올랐다.

[최초로 탑을 활성화시켰습니다.]
[믿을 수 없는 업적을 달성합니다.]
[업적 포인트(100)를 획득합니다.]
[칭호 '탑을 개방한 자'를 획득합니다.]
[15일 동안 붉은 탑에서 모든 경험치(100퍼센트)가 상승합니다.]

그야말로 어마어마한 내용이었다. 보름 동안 경험치가 2배, 그리고 칭호까지.

[탑을 개방한 자]
모든 스탯(2) 상승
탑에서 모든 스탯(1) 추가 상승

옵션도 아주 끝내줬다.
대박이다!
더 이상 무슨 말이 필요할까. 치솟는 전율을 느꼈다.
으으……!
경험치 버프와 칭호만 해도 충분히 좋았으리라. 하지만 거기에 더해 생각하지도 못했던 업적 포인트까지 얻었다. 일루전의 세계에 막대한 영향을 끼치는 일을 했을 때만 얻을 수 있는 포인트. 그 가치는 결코 말로 설명할 수 없었다.

무혁조차도 업적 포인트로 무엇을 구매할 수 있는지는 알지 못하니까. 소문으로 듣기는 했지만 과장되거나 거짓이 많아서 믿을 순 없었다. 하지만 이젠 확인할 수 있을 것이다. 그 흥분감이 쉽사리 떠나지 않았다.

"후우……"

긴 한숨을 내뱉는데 뒤에서 기척이 느껴졌다.

"활성화가 된 건가?"

"아, 네."

"흐음, 달라진 건 없는 것 같은데……"

"저도 그런 것 같네요."

하지만 분명하게 달라졌다. 탑이라는 컨텐츠가 처음으로 세상에 드러났으니까. 그리고 이로 인해 7층을 클리어했을 때의 보상도 생겼을 것이 분명했다.

하지만 현재 유저들의 수준으로는 외눈박이 거인을 잡는 게 아주 어려워 보였다. 6층을 오르는 데에도 아주 긴 시간을 투자해야 할 것이었다.

무혁이야 공략법을 알고 있었고, 또 65레벨이 넘는 견습기사 지망생들과 함께했으니 6층까지라도 클리어가 가능했던 것뿐이다. 유저의 경우라면 적어도 1개월 이상은 걸릴 것이다.

보름 동안 최대한 레벨을 올린 후에 내가 잡는다.

그때 기사단장이 말했다.

"특별한 건 없군. 이만 돌아간다."

"예."

그들은 워프 게이트를 이용해 위브라 제국의 신전으로 이동했다. 신전에서 곧바로 카이론 백작의 저택으로 향했다.

"늦었으니 내일 정오에 이곳에서 모이겠다. 해산!"

"해산!"

무혁도 그제야 로그아웃할 수 있었다.

다음 날.

새벽 늦게 잠이 든 터라 11시가 넘어서야 눈을 떴다.

"으으……."

오늘은 헬스장도 못 가겠네.

모이기로 한 시간이 얼마 남지 않았기 때문이다. 시간이 촉박해 세수만 하고 나갈 생각이었다. 차가운 물로 얼굴을 적시자 정신이 들었다.

"후아."

습관적으로 홈페이지부터 확인했다.

엄청나게 뜨겁네.

게시판에 들어가니 초 단위로 게시물이 올라오고 있었다. 대부분이 탑과 관련된 글이었다.

[제목 : 붉은 탑 가 보신 분?]

[제목 : 탑, 그거 진짜인가요?]

[제목 : 탑 관련 퀘스트에 대해서……]

새로고침을 누르면 또다시 초 단위로 올라온 붉은 탑에 관한 다른 게시물이 1페이지를 새롭게 채웠다. 그때 무혁의 눈에 띄는 제목이 여러 개 발견되었다.

[제목 : 공지 떴습니다.]

[제목 : 붉은 탑, 관련 공지 떴네요.]

[제목 : 공지사항 지금……]

무혁은 곧바로 공지사항을 확인했다.

[제목 : 붉은 탑에 관해서]

[내용 : 안녕하십니까. 일루전 홈페이지의 GM히어로입니다. 오늘은 갑작스럽게 오픈이 되어 유저분들을 혼란스럽게 만드는 '붉은 탑'에 관해 알려드리고자 합니다. 본래는 이렇게 언급하는 일도 없어야 하지만 너무 혼란을 느끼는 것 같아 말씀을 드립니다.

첫 번째, 붉은 탑은 유저가 개방한 컨텐츠입니다.

두 번째, 탑은 던전과는 다른 개념입니다.

세 번째, 여러분 역시 숨겨진 컨텐츠를 개방할 수 있습니다.

이상입니다.

설명이 짧다고 느끼시겠지만 양해 부탁드립니다. 그럼, 이만.]

무혁은 실소를 금치 못했다.

진짜 부실하네.

하지만 내용 중 '두 번째, 탑은 던전과는 다르다'. 이 말은 호기심을 유저들의 자아내기에 충분했다. 무혁이야 이미 어떻게 다른지 알고 있으니 상관이 없었지만 다른 유저는 아니지 않은가. 그들은 아마 그 호기심을 참지 못하고 직접 붉은 탑으로 향하리라.

GM히어로는 그걸 의도했을 것이 분명했다. 탑은 도전하는 자가 많아야 의미가 있었다. 탑은 던전처럼 하나의 공간이 아니기 때문이다.

탑은 A유저가 입장하면 A의 공간으로, B의 파티가 입장하면 B의 공간으로 이동된다. C의 길드가 입장하면 C의 공간으로 진입하기에 다른 유저와의 부딪힘이 없는 것이다.

물론 제한은 있다. 길드 파티의 경우 100명의 인원을 넘어선 안 된다는 점이다. 게다가 인원이 20명 단위로 증가할 때마다 몬스터 역시 2배로 증가하게 된다.

한 명에서 열아홉 명이 들어가면 한 마리, 두 마리, 세 마리가 나오고 스무 명이 들어가게 되면 두 마리, 네 마리, 여섯 마리가 나오는 것이다. 마흔 명이 들어가면? 당연히 넷, 여덟, 열

둘이 나오는 것이고.

그리고 입장한 그룹이 몇 명이든지에 관계없이 누군가가 먼저 꼭대기를 정복할 경우 탑은 사라지게 된다.

그전에 정보를 풀어야겠지.

무혁은 생각을 정리하며 노트북을 껐다.

스윽.

캡슐에 누워 일루전에 접속했다.

[새로운 세상에 오신 것을 환영합니다.]

성내의 입구 주변에서 나타난 무혁은 분주하게 오가는 사람들을 헤집고 카이론의 저택 앞으로 나아갔다.

이미 카이론 백작을 만났는지 저택 내부에서 나오는 기사들과 지망생을 발견했다. 지망생들 역시 무혁을 발견하고는 한달음에 다가왔다.

"조장님!"

이제 조장이 아니지만 뭐 어떠랴. 반가우면 그만이지.

"일찍 왔네?"

"네, 저희 먼저 카이론 백작님과 만나고 왔어요."

"그래, 고생했다."

"조장님이 고생하셨죠. 정말 감사합니다."

진심 어린 인사에 마음이 따뜻해졌다. 그때 집사가 무혁에게 다가왔다.

"백작님이 뵙길 원합니다."

"아, 네."

무혁은 지망생을 보며 말했다.

"그럼 나중에 보자."

"언제라도 찾아주세요."

"그 말, 잊지 마."

"물론이죠!"

지망생들과 헤어진 후에야 집사를 따라 카이론 백작의 집무실로 향했다.

과연 어떤 보상을 줄까. 물론 7층을 클리어하진 못했으니 아주 좋은 보상을 주진 않으리라. 하지만 지망생 전부의 레벨을 올렸고 또 살렸으니 괜찮은 수준의 보상이 나올 거라고 생각했다.

"백작님, 모시고 왔습니다."

"들어오게."

집사가 문을 열었다.

끼이익.

열린 문으로 들어가서 백작의 안내에 따라 의자에 앉았다.

"어제 왔을 때의 다급함을 보고 상황이 영 좋지 않다고 여겼는데 그건 아니었더군."

"그렇게 말씀해 주시니 감사합니다."

"지망생들에게 들었다네. 없는 말을 지어낼 이들은 아니니 믿을 수 있지."

백작의 말에 절로 미소가 그려졌다. 지망생들의 얼굴이 떠오른 탓이다.

"꽤 친했나 보군."

"예, 정이 많이 들었습니다."

"그랬군. 아무튼 고생했네. 힘든 일이었던 것은 분명하니 합당한 보상을 하고 싶군. 그대가 오기 전에 생각을 많이 해봤는데 자네에게 선택권을 주는 것이 어떨까 싶더군."

무혁이 고개를 들었다.

두근두근. 괜스레 기대가 되었다.

"내가 지금까지 모은 귀한 물건들이 비밀 창고에 있다네. 자네의 능력이 닿는 한도 내에서 마음껏 골라보게."

그제야 메시지가 떠올랐다.

[퀘스트 '제국의 숨겨진 비밀 4'를 완료합니다.]

[대량의 경험치를 획득합니다.]

[레벨이 상승합니다.]

[위브라 제국 공헌도(850)를 획득합니다.]

무혁은 속으로 환호를 내질렀다.

공헌도 850!

이로써 총 공헌도가 950이 되었다. 이 시기에 이 정도 공헌도를 쌓은 자가 과연 누가 있을 것인가.

좋아, 전부 써버려야지.

"알겠습니다. 그런데 마음껏 택하라는 말씀은……."

"여러 가지를 가져도 좋다는 말일세."

"아……!"

물론 공헌도가 허락해야겠지만 말이다.

"집사, 비밀 창고로 데려다주게."

"예, 백작님."

"아, 참. 그리고 물건을 고르면 다시 한번 찾아주게나. 뭘 골랐을지 궁금하니까."

"그러겠습니다."

"좋아, 가 보게."

무혁은 집사를 따라 긴 복도를 이리저리 걸어 다녔다. 저택이 워낙 넓어서 꽤 긴 시간이 걸렸다.

미로와 같은 길을 지나고 지나, 드디어 목적지인 비밀 창고에 도착했다. 그곳은 겉보기에는 평범한 쇠문이었지만 마법적인 장치가 되어 있는 것은 물론이고, 정예기사 두 명이 보초를 서고 있었기에 결코 쉽게 들어갈 수 없었다.

"무슨 일이십니까."

"백작님의·허락으로 왔네."

집사가 품에서 꺼낸 패를 그들에게 보여줬다. 기사는 패를 확인하더니 경계 자세를 풀고 고개를 숙이며 예를 취했다.

"들어가셔도 좋습니다."

남은 한 명의 기사는 주문서를 사용해 문에 걸린 마법을 풀었다.

끼이익.

쇳소리가 나며 문이 열렸다.

"들어가시지요."

집사도 여기까지인 모양이었다.

"네, 그럼."

무혁은 그 안으로 조심스럽게 걸음을 내디뎠다.

문을 넘는 순간 다른 세상이 펼쳐졌다. 좌우에 나열된 금은보화, 곳곳에 진열되어 있는 검과 방패, 너부러진 갑옷은 물론이고 숨겨진 반지와 목걸이까지. 세공 솜씨만으로도 그것들이 결코 범상치 않은 물건임을 한눈에 알아볼 수 있었다.

"후아……"

이 중에서 골라야만 한다. 공헌도 950. 그 수치가 허락하는 수준에서 최고의 아이템을 선택하거나 혹은 필요 공헌도는 낮지만 가치 있는 아이템 여러 가지를 선택하거나.

저벅.

일단 가까이 있는 검부터 확인했다.

[왕가의 검]

공격력 155

추가 공격력 +35

공격 속도 +5%

반응속도 +1%

민첩 +7

내구도 300/300

사용 제한 : 힘 60, 민첩 50

[필요 공헌도 : 1,000]

무혁의 눈동자가 흔들렸다. 그야말로 미친 옵션이었다. 공격력이 155에 추가 공격력 35. 게다가 공속, 반응 속도에 민첩까지 올랐다.

하지만 공헌도가 1천이 필요했다. 겨우 50이 부족해서 구입하지 못 하는 것이다.

빌어먹을……!

순간적으로 밀려오는 욕망의 파도에 무혁 스스로도 매우 놀랐다. 어차피 시간의 제한도 없으니 최대한 천천히 보고 구입하는 게 합리적인 선택을 할 수 있을 것이다. 그럼에도 불구하고 욕심이 나서 눈이 뒤집힐 정도니 그것만으로도 얼마나 대단한 검인지 추측할 수 있었다.

"후우."

눈을 감고 심호흡을 했다. 물건은 많아.

천천히.

한참이나 스스로를 다독인 후에야 다시 주변을 훑었다. 그러다 문득 궁금해졌다. 바닥에 너부러진 특이한 모양의 금화들, 저것도 공헌도로 살 수 있는 걸까.

금화 하나를 집어 들었다.

아이템 설명.

그러자 홀로그램이 떠올랐다.

[마법의 금화]

5골드의 가치를 지니고 있다.

[필요 공헌도 : 1]

5골드에 공헌도 1. 그러니까 950의 공헌도를 전부 사용하면 4,750골드가 된다. 상당한 거금이었으나 이번에는 그리 큰 욕심이 들지 않는 스스로를 보며 신기한 마음이 들었다.

돈보다 아이템이란 건가?

확실히 돈은 지금도 충분히 벌고 있었다. 금화를 바닥에 내려놓았다. 그러곤 보화의 탑에 숨은 반지나 팔찌, 목걸이를 꺼내어 하나씩 확인했다.

[블레이드의 반지]

공격력 15

공격 속도 +3%

이동속도 +3%

힘 +7

내구도 190/190

사용 제한 : 힘 45, 체력 50

[필요 공헌도 : 700]

[조화로운 목걸이]

마법 공격력 30

마법 방어력 20

지식 +5

MP(150)

내구도 210/210

사용 제한 : 지식 45, 지혜 45

[필요 공헌도 : 700]

하나같이 경악할 만한 옵션이었다.

하아⋯⋯.

하지만 공헌도가 문제였다. 구입은 가능하지만 왠지 구입하기엔 조금 아까운 기분이 들었다. 사용 제한도 너무 높았다.

그렇게 몇 개의 아이템을 더 살폈을까. 서서히 적응이 되면서 웬만한 옵션에는 별다른 감흥을 느끼지 못하게 되었다.

이후로도 검, 창, 단검, 도끼, 방패, 갑옷, 액세서리 등등 무수한 아이템의 정보를 확인했다.

정신을 놓은 탓일까.

아, 벌써…….

어느새 그 넓었던 비밀 창고의 끝에 도달했다. 이젠 선택해야 할 때였다. 지금까지 살펴봤던 아이템 중에서 가장 기억에 남는 것들을 떠올려봤다.

내가 살 수 있는 것 중에서는…….

세 가지가 떠올랐다.

첫 번째 불칸의 가죽 갑옷은 공격력과 힘, 체력, 방어력을 상당히 높여주는 갑옷이다. 필요 공헌도는 900.

두 번째는 무녀의 투구로 지식과 지혜, MP와 MP 회복률을 높여주는 투구였다. 필요 공헌도는 880.

마지막으로 작렬하는 강철 갑옷은 체력, 방어력, 이동속도를 높여주는 갑옷이다. 필요 공헌도는 930.

최종적으로 그 세 개 중에서 하나를 골라야 할 것 같았다.

무혁은 되돌아가서 불칸의 가죽 갑옷과 무녀의 투구, 그리고 작렬하는 강철 갑옷을 찾은 후 앞에 내려놓은 채 고민에 빠졌다. MP 회복률이 부족한 지금 무녀의 투구는 참으로 매혹

적이었다. 하지만 현재 제대로 된 전력은 활뼈와 메이지, 그리고 강화뼈 두 마리였다. 검뼈는 지금으로선 솔직히 두세 번의 공격을 받아주는 총알받이에 지나지 않았다. 즉, 검뼈 몇 마리만 줄이면 MP는 그리 부족하지 않다는 이야기다.

그렇다고 불칸의 가죽 갑옷을 택하자니 그것도 걸리는 부분이 있었다. 솔직히 무혁의 화살 공격 대미지가 활뼈 두 마리를 합한 것보다 약한 게 사실이었고, 연사를 사용하지 못해 속도도 느렸다. 명중률은 두말할 것도 없고. 굳이 따진다면 활뼈 1.5마리의 역할 정도였다. 강력한 활쏘기 스킬을 사용하면 괜찮은 대미지가 나오지만 거기에 더 투자할 수준은 아닌 것이다.

남은 건 작렬하는 강철 갑옷인가.

[작렬하는 강철 갑옷]

방어력 25

체력 +8

추가 방어력 +15

이동속도 +5%

내구도 320/320

사용 제한 : 힘 45, 체력 40

[필요 공헌도 : 930]

사실 유저와 싸울 땐 방어력이 가장 중요하다. 공격은 소환수로 하면 되니까. 중요한 건 무혁이 살아남는 것이다. 방어력에 체력, 이동속도까지. 피하고 견디는 것에 최적화된 갑옷이었다.

여기에 대미지 흡수율이 높은 방패까지 사용한다면?

네크로맨서라는 직업을 지닌 좀비 유저가 되리라.

블랙 길드도 여전히 마음에 걸렸다. 그들이 보낸 유저를 오히려 죽여 버린 무혁이었다. 결코 그냥 넘어가진 않을 것이다. 물론 무혁도 당하고만 있을 생각은 없었다.

이런 상황에서 작렬하는 강철 갑옷이 지금의 무혁에게 가장 적합한 아이템이 아닐까?

"······."

마음이 기울었다.

그래, 이걸로 하자.

[공헌도를 사용하시겠습니까?]
[Yes/No]

예스를 선택했다.

[공헌도(930)를 사용합니다.]
[남은 공헌도 : 20]
['작렬하는 강철 갑옷'을 획득합니다.]

적어도 2년 이상은 사용하게 될 갑옷이 손에 들어왔다.

카이론 백작에게 선택한 갑옷을 보여줬다.

"호오, 그건가?"

"네."

"생각보다 대단한 걸 얻었군."

"감사합니다."

"아닐세. 아무튼 고생했네. 다음에 또 봤으면 좋겠군."

무혁도 그러길 원했다. 그래야 공헌도를 올릴 수 있을 테니까.

"가시죠."

집사와 함께 저택을 빠져나갔다.

무혁은 성외로 나간 후 곧바로 신전을 찾아갔다. 입구에 있는 사제를 보며 말했다.

"실례합니다."

"아, 네. 어떤 일로 오셨나요?"

"업적에 대한 보상을 받기 위해서 왔습니다."

사제의 눈이 커졌다.

"이, 이쪽으로 오세요."

"네."

무혁이 그녀를 따라 안으로 들어가자 그 모습을 지켜보던 유저들이 의아한 표정을 지었다.

"뭐야, 업적에 대한 보상?"

"그러게. 그보다 저기로 가면 대신관 집무실 나오지 않나?"

"에이, 다른 곳도 많잖아."

"그렇긴 하지만……."

"아니면 퀘스트라도 해결했나 보지."

"흐음, 물어볼까?"

"아서라. 누가 알려주겠어?"

"쩝."

그사이 무혁은 대신관의 집무실에 도착한 상태였다.

"대신관님, 아베라입니다."

"아베라?"

"네."

"무슨 일이더냐?"

"손님이 오셨습니다. 업적에 대한 보상을 원하십니다."

말이 끝나자마자 문이 열렸다. 대신관이 직접 연 것이다. 그는 무혁을 지그시 바라봤다.

"당신인가요?"

"네."

"일단 들어오세요. 아베라 사제는 그만 가도 좋네."

"알겠습니다."

대신관과 마주한 무혁.

그가 무혁에게 차를 한 잔 따라줬다.

"편하게 앉으세요."

"아, 네."

향이 좋은 차였다. 무혁이 향을 음미하며 한 입 머금자 그가 이야기를 꺼냈다.

"업적에 대한 보상을 원하신다고요?"

"네."

"확인을 해봐도 될까요?"

"물론이죠."

"손을 주세요."

대신관이 무혁의 내민 손을 마주 잡더니 알아듣지 못할 말로 중얼거리기 시작했다. 그러자 그의 몸에서 뿜어진 순백의 성스러움이 무혁을 부드럽게 감쌌다. 그 순간 대신관이 눈을 번쩍 떴다.

"백 일에 걸친 업적을 행하셨군요."

아마도 업적 포인트 100을 말함이리라.

"따라오세요."

몸을 일으킨 대신관이 집무실 구석에 있는 책꽂이를 밀었다. 그러자 낯선 공간이 나타났다.

"들어가시면 됩니다."

"감사합니다."

무혁은 웃으며 그 공간으로 진입했다. 그 안은 매우 어둡고 아무것도 보이지 않았다.

그르릉.

문이 닫힘과 동시에 환한 빛과 함께 홀로그램이 떠올랐다.

[업적 상점 1단계]

상점 시스템이었다.

그 아래로는 물건들이 나열되어 있었다.

[HP 포션]

HP(100)를 회복시킨다.

-5회 사용 가능

-5분마다 재사용 가능

[필요 업적 포인트 : 1]

[MP 포션]

MP(200)를 회복시킨다.

-10회 사용 가능

-5분마다 재사용 가능

[필요 업적 포인트 : 1]

여기까진 그냥 감탄사 한 줄기를 내뱉을 수준이었다. 그런데……

[물리 공격력의 물약]

물리 공격력(1)을 영구적으로 상승시킨다.

[필요 업적 포인트 : 3]

[마법 공격력의 물약]

마법 공격력(1)을 영구적으로 상승시킨다.

[필요 업적 포인트 : 2]

[방어력의 물약]

방어력(1)을 영구적으로 상승시킨다.

[필요 업적 포인트 : 9]

[마법 방어력의 물약]

마법 방어력(1)을 영구적으로 상승시킨다.

[필요 업적 포인트 : 9]

[체력의 물약]

HP(50)를 영구적으로 상승시킨다.

[필요 업적 포인트 : 9]

[마나의 물약]
MP(50)를 영구적으로 상승시킨다.
[필요 업적 포인트 : 9]

[업적 상점 2단계]
[필요 업적 포인트 : 100]

뒤이어진 물건을 확인하는 순간 무혁은 자기도 모르게 헛바람을 들이키고 말았다.

"허업……!"

이런 아이템이 있을 줄은 상상도 하지 못했기 때문이다.

미, 미쳤다. 이건, 진짜로.

카이론 백작의 비밀 창고에 들어갔을 때보다 더 놀란 상태였다. 아니 놀라움을 넘어 기가 막힌다고 해야 할까.

물리 공격력의 물약 하나를 구입하는데 업적 포인트가 3이 필요하니, 총 33개의 구입이 가능했다. 힘 11개 수준의 상승 효과를 영구적으로. 얻게 되는 것이다. 아이템이 아니기에 제한적이지도 않다. 무제한 성장의 가능성을 발견한 것이다.

엄청난 정보야, 이건. 만약 이 정보를 세상에 알린다면?

생각만으로도 가슴이 뛰었다.

쉽사리 밝힐 순 없지. 물론 안다고 해서 쉽게 얻을 수 있는 포인트는 아니지만 그래도 혹시 모르는 일이었다. 최대한 조심하는 게 좋았다.

생각은 거기까지.

이젠 업적 포인트로 무엇을 살지 결정해야 했다.

으음, 일단 포션부터.

HP 포션과 MP 포션부터 구입했다.

[업적 포인트(2)가 차감됩니다.]
[남은 업적 포인트는 98입니다.]
[HP 포션(×1)과 MP 포션(×1)을 획득합니다.]

HP 포션은 특히나 유용하게 쓸 날이 올 것이다.

다음은······.

마법 공격력, 마법 방어력을 패스하니 남은 것은 물리 공격력, 방어력, 체력, 마나였다. 이것들을 놓고 고민하다가 일단 방어력과 체력을 4개씩 구입했다. 앞서 카이론 저택의 비밀 창고에서도 체력과 방어력이 높은 갑옷을 선택한 것과 마찬가지의 이치였다.

[업적 포인트(72)가 차감됩니다.]
[남은 업적 포인트는 26입니다.]

[방어력의 물약(×4)과 체력의 물약(×4)을 획득합니다.]

남은 26포인트로는 공격력의 물약 8개를 구입했다. 그 후 2포인트만이 남게 된 상황이었기에 고민할 것도 없이 HP 포션을 2개 더 샀다.

업적 포인트가 0이 된 탓일까, 아니면 정해진 시간을 초과한 탓일까. 정확한 이유는 모르겠지만 빛이 사라졌고 닫혔던 문이 열렸다.

"나오시면 됩니다."

신관이 무혁을 반겼다.

"아, 네."

대신관은 호기심 가득한 표정을 보였으나 끝내 아무것도 묻지 않았다. 무혁 역시 쓸데없는 이야기를 하고 싶지 않았기에 고맙다는 인사를 한 후 신전을 나섰다. 사람들의 이목을 피하기 위해 근처 여관에 방을 잡고 들어간 후 인벤토리에서 물약을 꺼내어 복용했다.

꿀꺽, 꿀꺽.

목구멍을 타고 넘어가는 청량함.

[공격력(1)이 상승합니다.]×8
[방어력(1)이 상승합니다.]×4
[체력(50)이 상승합니다.]×4

맛보다도 뛰어난 성능에 절로 미소가 그려졌다.

자, 이제…….

자신을 죽이려 했던 그 누군가를 처리할 시간이었다.

블랙 길드의 부길드장.

그는 아직 자신에게 수치를 준 네크로맨서 유저를 잊지 않고 있었다. 흑랑이 그 유저에게 당했다는 소리를 들었지만 대수롭지 않게 여겼다. 단지 흑랑이 멍청했을 뿐이라고 생각했다. 네크로맨서도 상대를 못하다니, 지금 생각해도 한심했다.

"쯧."

소환수는 무시하고, 유저만 공격해서 죽이면 되는데 그걸 못했으니 멍청하다고 여길 수밖에 없었다. 본래는 길드에 넣으려 했지만 생각을 바꿨다. 멍청한 녀석은 필요 없으니까.

이후 다른 녀석에게 놈을 처리하라고 명령을 내려야 했으나 녀석이 어디 있는지 알아낼 길이 없어서 일단은 대기 중인 상태였다. 그렇게 시간이 흘러 네크로맨서 유저에 대해서도 잊어가고 있을 즈음이었다.

"부길드장님!"

"무슨 일이야?"

"지금 일루전 홈페이지에 동영상이 올라왔는데요!"

갑자기 동영상이라니, 의문스러운 표정으로 길드원을 쳐다보자 설명을 이어갔다.

"그러니까 전에 부길드장님이 죽이라고 하셨던 그 네크로맨서 유저……."

그 순간 누군가가 문을 박차고 들어왔다. 분노로 이글거리는 표정이었다. 부길드장이 자리에서 벌떡 일어나더니 그에게 다가갔다.

"형, 무슨 일이야……?"

"너, 이 새끼."

"왜, 왜 그래?"

살인마도 누군가의 자식이듯 부길드장 역시 다른 길드원에겐 공포의 존재였으나 길드장, 그러니까 친형에게는 순한 양일 뿐이었다.

"너 아직도 PK하고 다니냐?"

"무, 무슨 소리야. 내가 무슨……."

길드장이 부길드장의 멱살을 잡았다.

"내가 분명히 그만두라고 했었지!"

이 정도로 화가 난 형은 오랜만이었다. 그 말은 알고 왔다는 소리다. 더 이상 오리발을 내밀어 봐야 소용이 없었다. 지금은 납작 엎드릴 때였다.

"미, 미안. 미안해."

애처로운 표정으로 사과를 하는 부길드장의 모습에 길드장의 표정은 더더욱 싸늘하게 식어갔다.

"부길드장에 앉힌 내가 병신이다."

그러면서 길드창 시스템을 켰다.

"혀, 형? 지금 뭘……."

길드장은 부길드장의 반응을 무시한 채 허공에 손가락질을 몇 번 했다.

"형, 뭐 하는 거냐고!"

그 순간 떠오른 메시지.

['블랙 길드'로부터 추방됩니다.]

부길드장, 용후의 표정이 굳었다.

"앞으로는 너 혼자 다녀라. 특히 블랙 길드 주변에는 얼씬도 하지 말고. 그리고 네가 개인적으로 데리고 있던 녀석들, 내가 전부 처리했다. 그렇게 알아라."

뒤이어진 길드장의 말이 고막을 후벼 팠다.

일루전 홈페이지에 올라온 '오늘의 핫이슈' 동영상이 시선을 끌었다.

[길드의 무차별 학살.]

제목부터가 아주 자극적이었다. 영상에서는 지난번 적호를 사냥하는 네크로맨서 유저의 모습과 그 유저에게 길드 가입을 권유하는 블랙 길드원의 모습이 잠깐 나왔다.

이후 장면이 바뀌더니 네크로맨서 유저에게 접근하는 다섯의 무리를 비췄다. 잠깐의 대화가 이어졌다. 네크로맨서는 블랙 길드에서 보냈는지를 물었다. 한 명의 유저가 반응을 보였다. 눈썹이 꿈틀거린 것이다. 그것만으로도 확신할 수 있었다.

블랙 길드구나.

뒤이어 말도 안 되는 이유와 함께 공격을 시작하는 모습에서 영상을 감상하던 이들은 절로 짜증이 치솟음을 느꼈다.

└한샘 : 블랙 길드, 어이없는 새끼들. 지금 장난하나? 길드 가입 권유 거절했다고 PK?
└아이돌 : 진짜 쓰레기들이네요.

상황은 더 기가 막히게 흘러갔다. 그들 다섯은 길드 가입은 물론이고 그들끼리 파티도 하지 않은 상태였다.

└구름 : 정당방위 주기 싫어서 저런 거네요. 시스템 악용을 진짜 기

가 막히게 하네요.

└리모컨 : 하, 씨 발라 먹어도 시원찮은 놈들.

그런데 그 후의 상황은 예상과는 다르게 흘러갔다. 금방이라도 죽을 것만 같았던 네크로맨서가 오히려 그들을 상대로 이겨 버린 것이다. 그리고 마지막에는 두 가지 아이템까지 주웠는데 그 모습에서 오는 통쾌함이 상상을 초월했다.

└강쥐 : 허얼, 대박. 그걸 이겨 버렸네? 블랙 길드 진짜 쪽팔릴 듯.

└병뚜껑 : 네크로맨서 유저를 상대로 5:1로 졌다? 스킬 쓰는 거 보니까 적어도 50레벨이던데…….

└활화산 : 아무튼 통쾌하네요. 아이템도 득하고! 굿!

이 정도면 반응이 오겠지?

길드장이 PK의 주범이라면 길드 전체가 움직일 것이고 그게 아니라 아랫사람이 주범이라면 그에 합당한 벌을 받을 것이다. 벌을 받았으니 당연히 화가 날 테고 그는 자신이 할 수 있는 모든 것을 동원해서 무혁을 찾으리라.

확실히 나도 변했어.

소심했던 성격은 이제 거의 사라졌다.

어쩌면 게임에 물든 걸지도…….

하지만 지금의 자신이 썩 마음에 들었다. 짓밟히고 싶지는 않다. 굴하고 싶지도 않다. 처참한 생활은 전신마비로 지낸 8년의 세월이면 충분하니까.

생각을 정리하고 홈페이지에서 나왔다.

치이익.

캡슐에 들어가 일루전에 접속한 후 오랜만에 스스로의 상태를 확인했다.

[기본정보]

이름 : 무혁

레벨 : 56

직업 : 조폭 네크로맨서

명성 : 3,189

[칭호]

1. 모험의 시작

-모든 스탯(1) 상승

2. 조폭 네크로맨서의 수제자

-HP, MP(200) 상승

-회복률(5) 상승

3. 어둠에 물들지 않은

-어둠 관련 몬스터에게 추가 공격력(+5%)

-어둠 관련 몬스터에게 추가 방어력(+5%)

4. 혼자만의 여행

-던전에서 모든 능력치 5퍼센트 상승

5. 행운의 제작자

-사용 제한이 붙을 확률을 낮춰준다.

6. 2차 수련관 통과자

-모든 스탯(2) 상승

7. 탑을 개방한 자

-모든 스탯(2) 상승

-탑에서 모든 스탯(1) 추가 상승

[기본 스탯]

힘 : 51 민첩 : 30 체력 : 44

지식 : 29 지혜 : 39

보너스 포인트 : 0

[특수 스탯]

지구력 : 8 집중력 : 8 유연성 : 8

행운 : 8 손재주 : 75

보너스 포인트 : 0

[상세 정보]

HP : 3,290 / 분당 회복률 : 182

MP : 3,480 / 분당 회복률 : 397

물리 공격력 : 153+104 / 마법 공격력 : 145

물리 방어력 : 44+65 / 마법 방어력 : 58

공격 속도 : 151+2%

이동속도 : 125.5+7%

반응속도 : 103+0.5%

어마어마한 능력치였다. 특히 방어력 수치가 109가 되어 있는 것을 보고 무혁은 감탄을 금치 못했다. 기본 방어력이 44에 작렬하는 강철 갑옷의 방어력이 40, 물약으로 인한 증가치가 4. 총 88에 다른 장비로 인한 방어력까지 해서 총 109가 되었다. HP, MP도 3천이 넘어 꽤 만족스러운 수치였다.

하지만 회복률은 액세서리를 MP 회복 관련 옵션으로 도배해 그나마 저만한 수치가 되었지만 여전히 부족했다. 현재 소환수를 모두 소환할 경우 10초당 75의 MP가 소모되기 때문이다. 1분이면 무려 450. 분당 회복률을 감안해도 1분에 50 이상의 MP가 사라진다. 유지 시간은 기껏해야 60분 정도였다.

물론 검뼈 세 마리를 줄이면 꾸준히 유지가 가능하고 네 마리를 줄이면 오히려 MP가 차오른다. 하지만 무혁은 보다 완벽하기를 원했다. 훗날 수백의 소환수를 소환해야만 할 텐데, 그때가 되어서도 MP가 부족하면 소환수를 소환하고 싶어도 MP가 부족해 소환할 수 없을지도 모를 일이었다..

그럴 순 없지.

아무리 무혁의 능력치가 뛰어나다고 하더라도 결국 무혁은 네크로맨서였다. 주된 공격의 수단은 소환수인 것이다.

내 능력은 그저 덤일 뿐이야. 그러니 아이템은 이렇게, 스탯은 이런 식으로……

눈을 감은 채 미래를 그려본다.

번쩍.

그러곤 웃으며 눈을 떴다. 그날이 어서 오기를.

성민우가 돌아오기 전에 블랙 길드와의 악연을 끝내야만 했다. 붉은 탑은 그 이후에 찾아갈 생각이었다. 무혁은 먼저 경매장 시스템을 이용해 괜찮은 수준의 검 한 자루와 충격 흡수가 높은 방패를 구입했다. 윈드 스텝을 이용한 절삭령강화 효과를 활용할 검이 필요했기 때문이다.

뒤이어 방어력과 체력이 붙은 어깨 견갑, 가죽 바지, 전신 투구를 구입해서 착용했다. 덕분에 방패의 충격 흡수는 65퍼센트, HP는 3,460으로 증가했고 방어력은 128이 되었다. 한층 더 단단해진 무혁이었다.

이제 머뭇거릴 필요가 없어졌다. 워프 게이트를 이용해 곧바로 카르벤 제국으로 향했다. 근처 여관에 들러 음식을 주문했다.

"맛있게 드세요."

"네."

이후 주변 유저의 말에 귀를 기울였다.

"야, 블랙 길드 영상 봤냐?"

"당연하지. 물론 붉은 탑이 더 이슈긴 하지만."

"붉은 탑. 진짜 대단하지 않냐? 어떻게 그런 컨텐츠가 있을 수가 있지? 유저가 직접 오픈한 컨텐츠라니."

"일루전이 사기적인 거지."

"크큭, 우리도 퀘스트만 끝내고 가 보자고."

"콜. 그보다 블랙 길드 영상 올린 유저는 어떻게 될까?"

"흐음, 길드랑 혼자서 붙으려나?"

"에이, 그건 미친 짓이고."

"아니면 그런 영상을 왜 올렸겠어?"

"그런가?"

쓸데없는 이야기였다. 자리를 옮겨 다른 유저의 말에 집중했다.

"너 그거 들었냐?"

"뭐?"

"블랙 길드 부길드장, 길드에서 강퇴당했다던데?"

"에? 진짜로?"

"무슨 PK하다가 걸렸다던데……."

그 말에 무혁의 고개가 돌아갔다.

호오, 부길드장이었나?

게다가 강제 탈퇴까지 당했다는 말에 절로 미소가 그려졌다. 무혁이 생각한 것보다 괜찮은 상황이었다.

이런저런 이야기가 곳곳에서 들려와 그곳에서 2시간을 더 보냈다. 덕분에 확신할 수 있었다. 무혁을 노린 것은 부길드장이 맞았고 그가 강퇴당한 것도 사실임을 말이다.

그 순간 또 다른 정보가 들려왔다.

"그 부길드장, 광장에 있나 보더라."

그 말이 끝나기가 무섭게 무혁은 몸을 일으켰다. 음식의 값을 지불한 후 여관을 나섰다.

저벅.

광장으로 천천히 나아갔다. 많은 유저 가운데 한 명의 유저가 유독 눈에 들어왔다.

"일루전 홈페이지 무료 동영상 게시물 1,288,297에 나오는 네크로맨서의 위치를 알려주는 유저에게는 지금 바로 1천 골드를 드리겠습니다. 만약 사실이 아니라면 길드의 척살이 떨어질 테니 불확실한 정보는 언급도 하지 않길 바랍니다. 다시 말합니다. 일루전 홈페이지 무료 동영상 게시물 1,288,297에 나오는……."

살기 실린 목소리와 광기 어린 눈빛, 그리고 그의 입에서 나온 내용들.

저 녀석이구나.

그의 앞에서 멈춘 무혁. 전신 투구를 착용한 탓에 그는 무혁을 알아보지 못하고 있었다. 게다가 활을 대신해서 검과 방패를 소지하고 있었으니 기억 속 무혁과 매치가 안 되는 것도 당연하리라. 무혁은 이 상황을 활용하기로 했다.

"실례합니다."

"네."

"제가 그 유저 위치를 아는데요."

"확실합니까?"

한때는 블랙 길드의 부길드장이었던 용후가 날선 목소리로 응대했다.

"네, 확실해요."

"아니면 길드 척살령에 오릅니다."

강제로 탈퇴당했음에도 불구하고 아직도 저런 협박이라니. 속으로 웃으며 고개를 끄덕였다.

"물론이죠."

"좋습니다. 가죠."

"그전에 골드부터 주셔야죠."

"크음, 그러죠."

이를 갈면서 거래를 신청하는 용후였다.

[1천 골드를 거래하시겠습니까?]

[Yes/No]

예스를 선택하자 인벤토리로 1천 골드가 들어왔다.

돈 벌기 참 쉽네.

그런 무혁의 마음을 알 리 없는 용후가 닦달했다.

"어서 가죠."

"아, 네. 따라오세요."

무혁은 워프 게이트를 이용해서 신전이 존재하는 외진 마을로 이동했다. 이곳은 몬스터의 수준이 너무 낮아서 유저가 거의 없었다. 보통은 왕국이나 제국에서 시작하고 또 그 주변에는 반드시 초보자를 위한 몬스터가 존재한다. 그곳에서 레벨을 올린 이들이 굳이 5레벨 미만의 몬스터만 존재하는 이곳으로 올 이유가 없었다. 유저가 없는 곳을 찾기 위해 헤매다 올수도 있겠지만 이곳은 몬스터 분포도 역시 너무 낮아서 그 또한 무의미했다. 오죽하면 마을을 지키는 경비원조차 없을까.

용후도 그 사실을 알고 있는 걸까.

"여기는 왜……?"

그 순간이었다.

"스켈레톤 소환."

검뼈와 활뼈, 메이지를 소환한 무혁이 용후를 감쌌다. 그러곤 투구를 벗었다.

"너, 너……!"

그제야 무혁을 알아본 용후였다. 하지만 너무 늦었다.

"전원 공격."

무혁의 말과 함께 스켈레톤들의 공격이 시작되었다.

네 가지 속성의 마법, 뼈 화살 14대. 그리고 강화뼈1, 2의 공격과 무혁의 스킬까지.

"너, 이 새끼……!"

폭발과 함께 그의 목소리가 묻혔다.

그래도 역시 한때 부길드장 자리에 앉았던 유저였다. 그는 단번에 죽지는 않았다. 방패로 전면을 방어한 것과 더불어 스킬을 사용해 전신의 타격 대미지를 줄인 것 같았다.

이후 고개를 치켜들더니 허리띠를 풀어 좌우로 휘둘렀다. 그러자 허리띠가 채찍처럼 길어지면서 검뼈 몇 마리의 다리를 휘감았다.

화악.

강하게 당기자 검뼈가 그에게 끌려갔다.

"흐아아압!"

그는 허리를 틀며 검뼈가 감겨 있는 채찍을 휘둘러 주변에 있는 다른 검뼈를 공격했다.

스킬을 본 순간 알 수 있었다. 그는 가디언이었다. 가디언은 방어와 교란에 특화된 직업이었다. 대미지는 약한 편이었으니 걱정할 필요가 없어졌다. 가디언 유저 한 명이라면 현재 무혁의 능력치로는 지는 게 이상했다.

물론 상대방은 다르게 여기리라. 무혁이 네크로맨서였으니까.

"이 새끼……!"

그는 생겨난 틈을 비집고 들더니 무혁에게 돌진했다.

대미지나 한번 볼까.

그런 생각을 하며 소환수를 물렸다.

"죽어!"

그의 검이 휘둘러졌다. 빛이 나는 걸로 보아 스킬인 듯했다. 방패를 내민 채 대기했다.

콰앙!

진동이 손을 타고 올라왔다.

[방패가 258의 대미지를 흡수합니다.]
[139의 대미지를 입습니다.]

무혁의 입가가 말려 올라갔다. 방패로 258의 피해를 흡수한 덕분에 무혁의 HP는 겨우 139만 줄어든 상태였다. 아마 공격한 그도 당황했으리라.

"뭐, 뭐야!"

너무 적게 들어간 대미지에 놀랐는지 다시 공격을 가했다.

캉, 카강!

이번에는 일반 공격이었다. 검이 방패를 몇 번이나 때렸다.

"……."

아무리 가디언이라지만 정말 간지러운 수준이었다. 덕분에 무혁은 자신이 정말 강해졌음을 실감했다. 그때 놈이 공격을 멈췄다.

"도대체 무슨 헛짓거리를 한 거야!"

"헛짓거리라."

무혁이 비릿하게 웃었다. 그 모습에 더 열이 받은 걸까. 표정을 굳히더니 지면을 강하게 찼다.

쿠웅.

진동과 함께 바닥이 부르르 하고 떨렸다.

어스 퀘이크네.

대미지 자체는 크지 않으나 수십, 수백 번 타격을 당할 수 있기에 조금 위험했다. 다만 어스 퀘이크는 준비해야 하는 시간이 필요했다.

강력한 활쏘기.

그래서 준비를 마치기 전에 끝내기로 했다.

[324의 대미지를 입힙니다.]

공격을 당했음에도 그는 움직임이 없었다. 스킬을 유지하기 위해서였다. 흔들리던 땅이 고요해지면서 하늘로 모래가 떠올랐다. 가만히 둔다면 저 모래들이 무혁을 향해서 날아올 것이

자명했다. 하지만 이미 무혁은 명령을 내린 상태였다.

팡, 파앙!

뼈 화살 일곱 대가 날아가 부길드장을 가격한 것이다.

[76의 대미지를 입힙니다.]

[81의 대미지를 입힙니다.]

[62의 대미지를 입힙니다.]

[67의 대미지를…….]

합해서 500에 가까운 HP를 줄였다. 처음 마법 공격과 화살 공격으로 1천이 넘는 HP를 줄인 상태였기에 벌써 2천에 가까운 피해를 줬다.

끝이 아니었다. 연사였기에 다시 일곱 대의 화살 공격이 그에게 적중했다.

"꽤 버티네."

최소 2,400HP의 피해를 줬다. 인벤토리에서 지팡이를 꺼낸 후 스킬을 사용했다.

죽은 자의 축복.

빛이 뿜어지며 그를 휘감았다. 지팡이의 대미지가 90, 거기에 현재 마공이 145로 총 235가 되었다. 여기에 죽은 자의 축복이 지닌 회복, 공격의 비율이 무려 390퍼센트였다.

[741의 대미지를 입힙니다.]

덕분에 700이 넘는 대미지를 입힐 수 있었다. 그제야 그의 표정이 굳어졌다.

"미친……!"

떠올랐던 모래도 바닥으로 떨어졌다.

로그아웃을 당한 것이다.

[유저 '용후'를 죽였습니다.]
['악명'이 생성됩니다.]
[악명(10)이 상승합니다.]

무혁이 먼저 공격을 한 탓에 용후를 죽여도 아이템을 얻을 순 없었다. 하지만 24시간이라는 접속제한 페널티를 줄 수는 있으니 상관없다고 생각했다. 악명이야 시간이 지나거나 몬스터를 사냥하면 자동으로 줄어들기에 크게 신경 쓰지 않아도 되었다. 물론 그것도 200까지라는 제한이 있었지만 말이다.

만약 악명이 200을 넘게 되면 눈이 붉어지게 되는데 그때는 먼저 공격을 당해 죽더라도 무조건 아이템을 1개는 떨어뜨리게 된다. 하지만 크게 걱정할 필요는 없었다. 악명은 3시간에 1씩 떨어진다. 24시간이면 8이 떨어지고, 결국 다음 날 블랙 길드의 부길드장이었던 유저를 또 죽여 봤자 악명은 겨우 12가 될 뿐이었다. 그러니 마음껏 죽여도 상관없었다.

24시간 뒤에 보자고.

무혁은 알람을 설정해놓은 후 위브라 제국으로 향했다.

"허어."

워프 게이트에서 내린 무혁은 잠시 할 말을 잃었다.

무슨 사람이…….

유저가 개미 떼처럼 많았기 때문이다. 움직일 엄두가 나지 않았다.

"아, 좀 지나갑시다!"

"왜 이렇게 사람이 많아!"

"실력 안 되면 그냥 꺼지라고! 개나 소나 탑 가려고 지랄이 네, 지랄!"

"누가 욕하고 지랄이야!"

"내가 했다, 이 새끼야!"

"너 어디야!"

"너야말로 어디야!"

"찾으면 죽는다!"

그 모습에 실소가 나왔다. 워프 게이트가 고지대라 그들의 모습이 한눈에 보인 덕분이다. 정말 몇 걸음만 가면 닿을 곳에 위치한 두 사람이 서로를 욕하면서도 찾지 못하고 있었다. 그 모습을 보는 순간 생각이 깔끔하게 정리가 되었다.

지금은 안 되겠다.

경험치 2배 버프를 또다시 몇 시간 정도 버려야 한다는 사실이 안타깝기는 했다. 하지만 현재의 인파를 뚫고 가는 건 불가능에 가까워 보였다. 차라리 다른 몬스터를 사냥하다가 사람들이 잠들 시각인 새벽에 오는 게 나을 것 같았다.

"저기요."

"아, 네."

"워프 게이트, 다시 이용하죠."

무혁은 서둘러 위브라 제국을 빠져나갔다.

홀로 드레이크를 사냥하던 무혁은 새벽이 되어서야 위브라 제국으로 돌아갔다.

"위브라 제국으로요."

"알겠습니다."

워프 게이트의 이동을 마치고 눈을 뜬 무혁은 확실히 위브라 제국의 인파가 줄었음을 느꼈다. 아직도 꽤 많기는 했지만 움직이기에는 큰 무리가 없어 보였다.

후우, 다행이네.

워프 게이트에서 내려와 걸음을 옮겼다.

저벅.

광장이 가까워지면서 다시 유저가 많아졌다. 그래도 아직은 괜찮은 수준이었다. 문제는 지금부터였다. 붉은 탑의 왼쪽에 위치한 큰 규모의 잡화점이 가까워질수록 점점 인파에 깔리는 기분이 들었다. 그래도 새벽이라 그런지 졸음을 참지 못하고 로그아웃하는 이들이 곳곳에 나타났기에 조금 더 버텨보기로 했다.

"하, 겁나 잠 와."

"나도. 미치겠다."

"그냥 내일 올까?"

"내일도 엄청나게 바글바글할 텐데?"

"으으……."

고민하던 그들은 결국 참지 못하고 로그아웃했다.

좋아.

그럴수록 여유가 생겼다.

"하, 못 참겠다."

"나도."

그렇게 잡화점까지 도착했다.

스윽.

무혁은 갑자기 잡화점으로 들어갔다. 그러고는 무언가를 구입했다. 무혁이 산 것은 생고기였다.

왜 샀냐고?

다 쓸 곳이 있기 때문이지 않겠는가.

"감사합니다. 또 오세요!"

인사를 받으며 잡화점을 나선 무혁은 다시 줄을 서서 기다리기 시작했다.

"와, 진짜 지겹다."

"거의 다 왔어. 저기만 들어가면 폭업이 가능할 거야."

"진짜 그것 때문에 참는다."

유저들의 대화를 듣다 보니 꽤 재미가 있었다. 이런 사람, 저런 사람. 모두가 달랐기에 지루하지 않았다.

"보인다! 드디어 보여!"

"어, 진짜!"

앞에 있는 유저의 말대로 드디어 붉은 탑이 보이는 곳에 도착했다.

저 멀리 탑으로 진입하는 유저들이 보였다.

"빨리 들어가죠!"

"서두릅시다, 좀."

그들 모두 엄청난 속도로 붉은 탑에 입장하고 있었다. 한 무리가 입장하면 뒤쪽에 있던 다음 무리가 곧바로 들어갔다. 그리고 다음, 또 다음으로 이어졌다. 긴 줄이 순식간에 짧아졌지만 유저가 너무 많아 티도 나지 않았다. 여전히 오랜 기다림을 견뎌야만 했다. 30분이 더 흘렀을 즈음 드디어 무혁의 차례가 왔다.

가 볼까. 당연히 홀로 탑에 입장했다.

[붉은 탑에 입장하셨습니다.]

[남은 경험치 버프 시간 : 13일 23시간 51분]

경험치 버프의 시간이 꽤 줄어든 상태였다. 그래도 충분했다. 무혁은 버프 시간이 모두 지나기 전에 60레벨을 찍는 것을 목표로 했다.

일단 나가자.

새벽 3시가 다 되어 가는지라 너무 피곤했다. 사냥은 내일로 미뤘다.

로그아웃.

캡슐에서 나온 무혁은 곧바로 침대에 누워 잠을 청했다. 피곤한 탓이었을까. 눈을 감자마자 잠에 빠져 버렸다.

다음 날 아침에 눈을 뜬 무혁은 헬스장에서 운동을 끝내고 돌아가는 길에 휴대폰으로 일루전 홈페이지에 접속했다. 일단 팁 게시판에 있는 게시물의 조회 수가 얼마나 올랐는지를 먼저 확인하고 이후 사람들의 관심이나 이목이 어디에 집중되었는지, 그리고 알아둬야 할 일이 있는지를 살펴보기 위해 나머지 게시판을 천천히 훑어봤다.

[제목 : 붉은 탑 1층 길 찾기!]

[내용 : 아, 장난하는 것도 아니고 진짜. 1층은 몬스터도 안 나오는데

길 찾는 거 왜 이렇게 어려운 거죠? 뭐 비밀스러운 공간이라도 있는 것 같은데 이건 뭐 아무리 뒤져도 나오질 않으니 알 수가 있나! 시간만 허비하고 뭐하는 거냐고!]

[제목 : 붉은 탑 2층 진입했음]

[내용 : 와, 진짜 길 찾느라 죽는 줄 알았네. 힌트는 없음. 우리 파티 먼저 7층까지 올라가주겠음ㅎㅎ.]

[제목 : 붉은 탑 진입했는데…….]

[제목 : 붉은 탑 2층부터 몬스터가 너무 강해요.]

[제목 : 붉은 탑…….]

무혁의 미간이 절로 찌푸려졌다.

이건 뭐, 죄다 붉은 탑이네.

집으로 가는 길에 밥을 사 먹고 여유롭게 맥주 한 캔을 마시면서도 계속해서 게시판을 훑어봤지만 쓸모 있는 정보는 없었다. 50퍼센트 이상의 게시물이 붉은 탑에 관한 글이었던 탓이다. 확실히 새로운 컨텐츠라는 점에서 호기심을 자극할 수밖에 없다는 건 알지만 이 정도일 줄은 몰랐다.

뭐, 그래도 며칠이겠지.

붉은 탑의 난이도는 아주 높다. 조금만 경험을 하게 되면 랭커를 제외한 나머지는 도전을 포기하게 될 것이다. 물론 공략법이 풀리면 이야기가 달라지겠지만.

무혁은 휴대폰을 꺼버렸다.

일단 나 혼자 몇 층까지 갈 수 있는지 확인을 해봐야지.

서둘러 집으로 돌아간 후 일루전에 접속했다.

[새로운 세상에 오신 것을 환영합니다.]

무혁은 발걸음을 재촉해 1층을 누볐다. 길을 알기에 막힘이 없었다.

여기다.

두 시간 만에 목적지에 도착할 수 있었다. 무혁은 감촉이 다른 벽돌, 살짝 튀어나온 그것을 잡아당겼다.

그르릉.

나타난 비밀스러운 장소. 그곳은 더 이상 실드로 막혀 있지 않았다.

자, 가 볼까.

그렇게 2층으로 진입했다.

"후우."

호흡을 길게 뱉어낸 후 천천히 걸음을 내디뎠다. 2층 몬스터 변종 광견. 녀석 역시 공략법이 있다. 전에야 기사들이 너무 강해서 그냥 밀어붙였지만 지금의 무혁은 그 정도 수준이 아니었기에 느리더라도 안전하고 확실한 길을 택했다.

크르르…….

저 멀리 변종 광견이 모습을 드러냈다.

스윽.

무혁 역시 인벤토리에서 생고기를 꺼냈다.

"소환."

그러면서 스켈레톤을 소환하여 검뼈와 강화뼈를 앞으로 보냈다. 아처는 앞쪽에, 메이지는 좌우에 배치한 후 기다렸다.

거리가 좁혀진다. 모습이 확연하게 보일 즈음.

크아아아앙!

놈이 짖으며 달려들었다. 무혁은 그 순간 손에 들린 생고기 한 덩어리를 우측으로 던졌다.

툭.

소리에 반응한 것인지 냄새에 홀린 것인지. 아무튼 놈은 달려오던 방향을 급하게 꺾으며 생고기가 있는 곳으로 몸을 던졌다.

크워어어엉!

우적우적 고기를 뜯는 광견. 녀석을 향해 뼈 화살이 쏘아지는 것은 물론, 네 가지 속성의 마법도 힘을 보태기 위해 허공을 갈랐다.

거대한 폭발과 함께 놈이 정신을 차리고 다시 무혁에게 달려들었지만 또다시 던져진 생고기에 정신을 차리지 못한 채 허우적거렸다.

검뼈, 강화뼈 포위.

이후 놈을 포위한 채 쉴 없이 검을 뻗었다.

강력한 활쏘기.

연사.

무혁도 활뼈도 공격을 멈추지 않았다.

[경험치가 상승합니다.]

아주 손쉽게 놈을 처리했다. 오른 경험치를 보며 미소를 지었다.

역시, 버프가 좋네.

"사체 분해."

이후 재료를 획득한 후 다시 앞으로 향해 같은 방법으로 변종 광견을 상대했다. 공략법을 알고 있으니 레벨이 높은 몬스터임에도 불구하고 사냥하기가 그리 힘들지 않았다.

좋아, 좋아.

사냥에 푹 빠져 버린 덕분일까. 시간의 흐름조차 잊어버렸다. 알람이 울리고서야 정신을 차렸다.

어, 벌써?

무혁은 잠시 고민하다가 발걸음을 돌렸다.

이런 건 확실하게 해야지.

그게 일루전에서 살아남는 방법이니까.

제2장
유저 학살

무혁에게 죽어버린 용후는 타오르는 분노를 주체하지 못하고 괴성을 내질렀다.

"으아아아아악! 이 개새끼!"

캡슐에서 나오자마자 괴성을 지르며 벽을 주먹으로 치고, 베개를 던지는 등 분노를 표출하기 위한 모든 행동을 보였다.

"죽인다, 반드시 죽인다!"

그렇게 대략 1시간 이상을 폭주하고 나서야 화가 가라앉았는지 거친 호흡을 뱉으며 자리에 주저앉았다.

"하아, 하아."

젠장, 빌어먹을.

정신을 차리고 시계를 보니 접속 가능 시간까지 23시간이나 남아 있었다. 그는 벌써 지루해지는 것을 느꼈다.

어떻게 기다리지? 친구들을 불러 모아 파티를 할까? 아니면 오랜만에 카지노? 그냥 여자를 안고 놀아야 하나?

그런데 영 흥이 일지가 않았다. 예전에는 생각만으로도 흥분이 되어 곧바로 실행으로 옮기고는 했다. 그런데 지금은 아니었다. 조금의 설렘도 없었다.

오직 한 가지. 일루전.

그 단어만이 머릿속에 가득 찬 상태였다. 또다시 녀석이 생각났다. 자신을 물먹인 놈 그놈 때문에 길드에서 탈퇴까지 당하고 죽음 페널티까지 먹었다. 그 손해가 도대체 얼마란 말인가.

"개자식."

접속하기만 하면 바로 용병을 고용해서라도 놈을 수십, 수백 번은 죽일 생각이었다.

하지만 지금은?

아무것도 할 수가 없다. 결국 하릴없이 침대에 누웠다.

하아······.

멍하니 시간을 때우는 그였다.

"······."

그렇게 지루했던 페널티 시간을 버텨낸 용후는 오후 5시가 되자마자 곧바로 일루전에 접속했다.

좋아, 일단 용병부터 고용을······.

그런 생각을 하면서 신전을 빠져나가는 순간이었다.

"왔네."

기다리고 있는 네크로맨서 유저를 발견하는 것과 동시에 그가 소환한 스켈레톤들에게 포위당했다.

"너, 지금……."

"어, 기다린 거야. 또 죽이려고."

"이 새끼가!"

안간힘을 다해 빠져나가려 애썼지만 무용지물이었다.

콰과과광!

마법과 화살들의 세례, 그리고 이어지는 검뼈의 공격.

"이, 개새……!"

결국 또다시 허무하게 목숨을 잃고 말았다.

[사망하셨습니다.]

[24시간 동안 접속할 수 없습니다.]

캡슐이 열리고.

치이익.

누워 있던 용후가 괴성을 지르며 몸을 일으켰다.

"으아아아아아아악!"

괴성을 지르며 주변에 있던 물건 전부를 던지고 부서뜨리기 시작했다. 분노로 점철된 행동은 시간이 지나도 진정될 기미가 보이지 않았다.

한편.

용후를 처리한 무혁은 일단 알람부터 23시간 40분 뒤로 다시 설정했다. 그러곤 웃으며 위브라 제국으로 돌아갔다.

다행인 것은 탑 컨텐츠가 개방이 되고 이틀에 가까운 시간이 흐르면서 입장을 원하는 유저 대부분이 탑에 들어간 것 같았다. 덕분에 지금은 위브라 제국을 활보하는 유저의 수가 새벽녘보다 더 확연하게 줄어든 상태였다. 그 많았던 유저 대부분이 현재 붉은 탑 1층을 헤매고 있거나 아니면 2층 몬스터인 광견에게 당했을 것이다.

랭커야 무난하게 사냥 중이겠지.

아무튼 무혁은 기다림 없이 탑에 진입할 수 있었다. 서둘러 2층에 오른 후 다시금 변종 광견을 사냥하면서 경험치를 올렸다.

"진짜 빠르네."

저절로 그렇게 중얼거릴 정도였다. 벌써 90퍼센트 이상의 경험치가 차올랐으니 당연했다.

몇 시간이면 레벨 오르겠네.

웃으며 사냥에 박차를 가했다.

크르르르.

두 마리가 나타났다.

[경험치가 상승합니다.]×2

그다음은 세 마리였다.

크와아아앙!

하지만 전혀 두렵지 않았다.

툭.

생고기 하나면 모든 게 해결되었으니까.

그리고 잠시 후.

[레벨이 상승합니다.]

레벨 하나가 올랐다. 이후로도 사냥을 멈추지 않았다.

그렇게 하루를 보내자 대략 40퍼센트에 해당하는 경험치가 올랐다. 버프가 없었더라면 겨우 20퍼센트, 5일을 내리 사냥해야 1레벨을 올릴 수 있는 것이었다. 무혁 본인의 레벨보다 훨씬 높은 몬스터를 이렇게 빠르고 쉽게 사냥하고 있음에도 말이다.

뭐, 그래도 이게 어디야.

충분히 만족스러운 속도였다. 그때였다.

띠링.

알람이 울렸다.

무혁은 바로 사냥을 접고 용후, 그러니까 블랙 길드의 부길드장이었던 그 유저가 재접속하는 외진 마을로 이동했다. 남은 시간은 5분. 신전의 앞에서 기다렸다. 하지만 5분이 지났음에도 그는 모습을 드러내지 않았다.

흐음, 좀 늦게 접속하려나?

두 번이나 죽었으니 당연한 일이었다. 무혁은 기다렸다. 그 시간 동안 레벨을 올리지 못하게 되겠지만 그를 그냥 둘 생각은 없었다. 그냥 뒀다가는 분명 어떤 수를 써서라도 무혁을 방해하거나 죽이려고 들 것이다.

지난번에는 수가 다섯이라 어떻게 이겼지만 열 명이 된다면? 아니, 스물, 그것도 넘어서 서른이나 마흔이 모여서 PK를 건다면?

무혁으로선 절대로 버틸 수가 없으리라.

한번 죽는다고 포기할까?

아니었다. 그는 무혁을 끝까지 죽이려 들 것이다. 그러면 몇 날 며칠이고 게임을 즐길 수 없게 될 것이다.

아무리 나라도 그건 못 버텨.

결국 일루전을 포기하거나 처음부터 새로 키우게 될 것이다. 그러니 아예 그런 짓을 못 하도록 싹을 밟아놔야만 했다. 시일이 얼마가 걸리더라도 말이다. 설혹 레벨을 올리는 게 훨씬 늦어지더라도 이건 절대 양보할 수 없는 문제였다. 끝까지 기다린다.

"……."

긴 침묵이 흐르고.

끼이익.

2시간 정도가 지났을 즈음 드디어 신전의 문이 열렸다. 하지만 문을 연 누군가가 아직 모습을 드러내지 않았다. 용후인지 확신할 수 없기에 무혁은 몸을 숨긴 채로 그가 모습을 완전하게 드러낼 때까지 기다렸다.

스윽.

그리고 완전히 신전에서 나왔을 때.

맞네.

그의 정체를 확인한 무혁이 스켈레톤을 소환하여 입구를 막았다.

동시에 그를 포위했다.

"흐읍……!"

놀란 표정을 짓는 용후였다. 설마 아직까지도 기다리고 있을 줄은 몰랐던 모양이었다.

연사, 마법 공격.

그의 당황한 표정을 무시한 채 공격을 퍼부었다.

콰과과광!

스킬을 사용해 한번 방어한 그가 외쳤다.

"자, 잠깐만!"

무혁은 물론 들어주지 않았다.

공격, 그리고 또 공격.

"마, 말 좀……!"

그가 죽을 때까지 공격을 멈추지 않았다.

"이 개새끼야!"

마지막 한마디와 함께 그는 또다시 강제로 로그아웃을 당했다. 무혁은 그 자리에서 알람을 설정한 후 위브라 제국으로 향했다.

저녁을 먹기 위해 일루전에서 나왔다.

휴대폰을 습관적으로 확인하던 무혁은 일루전으로부터 돈이 입금되었음을 확인했다. 팁 게시판의 조회 수에 따른 금액이었다.

[Web 발신]

농협 입금 25,254,200원

10/17 17:55 356-xxxx-84xx-xx

㈜일루전

잔액 45,972,116원

엄청난 금액이었다.

조회 수가 현재 각 570만, 560만 정도였으니 총 1,130만이었다. 조회수 1당 2원이기에 2,260만원이었고 거기서 세금 3.3퍼센트를 떼고 입금된 것이다.

4,500만 원이라.

역시 주식을 사는 게 최고일 것이라 생각해 곧바로 증권사 은행에 4천만 원을 입금했다. 이후 증권사 앱에 접속한 후 입금된 돈으로 일루전 주식을 매수했다. 현재 주당 357만 원. 매수를 시도해 보니 11주만이 가능했다. 주당 가격이 높아져서 예전보다 더 적었다. 그래도 웃으며 매수할 수 있었다. 어차피 훗날 얼마로 상승하게 될지 알고 있었으니까. 그렇게 본래 지니고 있던 15주까지 해서 총 26주가 되었다. 사용한 돈은 3,927만 원이었다. 증권사 통장에 남은 돈 73만 원은 다시 생활비 통장에 입금한 후 증권사 앱과 생활비 통장의 남은 돈을 보면서 흐뭇하게 웃었다.

통장의 금액이 여유로운 것도, 그리고 일루전 주식이 하나씩 늘어나는 것도 재미가 있었기 때문이다.

[Web 발신]
농협 입금 730,000원
10/17 17:55 356-xxxx-84xx-xx
강무혁
잔액 6,702,116원

솔직히 1주를 더 사도 될 금액이었지만 혹시 돈이 필요한 일이 생길지도 모르기에 그냥 두기로 했다.

그건 그렇고 막상 이렇게 조회 수에 따른 돈을 입금받으니 욕심이 났다. 조금 더 많은 정보를 풀고 싶었다. 그걸로 돈도 벌고 싶었고.

자유게시판, 팁 게시판, 유료 게시판까지······.

물론 과한 생각이다. 그래도 시도는 해볼 수 있으리라. 어떤 일이라도 하지 않는 것보다는 하는 것이 나을 테니까. 거기다가 일루전의 세계와 함께한다면 가능성은 충분했다. 물론 아직은 아니다. 일단 최상위 유저들이 5층에 진입할 때까지는 지켜볼 생각이었다.

이후에 2층 변종 광견에 대한 공략법을 알려준다면?

수많은 유저가 그 게시물을 확인할 것이 분명했다.

그리고 천천히 3층, 4층의 공략법을 하나씩 풀어 나갈 생각이었다. 그렇게 계획을 정리했다.

무혁은 시간이 되어가는 것을 확인하고 일루전에 접속한 후 인적이 드문 마을로 이동했다. 그리고 기다렸다.

스윽.

그가 신전에서 나올 때까지.

"소환."

이후 그를 포위한 채 공격을 명령했다.

콰과과광!

또다시 일방적으로 공격을 당하는 용후였다.

"제, 제발. 한번만······."

그가 애원했으나 무시했다. 아직 그의 눈빛이 죽지 않은 탓이었다.

[유저 '용후'를 죽였습니다.]
[악명(10)이 상승합니다.]

이후 위브라 제국으로 향해 붉은 탑에 진입했다.

오늘도 2층에서 광견을 사냥하며 2배 버프의 효과를 톡톡히 맛봤다.

레벨 두 개가 더 올라 59가 되었을 때. 다르게 말하자면 블랙 길드의 부길드장이었던 용후 유저를 다섯 번 더 죽였을 때 드디어 성민우로부터 연락이 왔다.

"퀘스트 끝났다고?"

-응. 힘들어 죽는 줄 알았다, 진짜.

"오래 걸리긴 했네."

-하아, 어디냐?

"나 위브라 제국."

-붉은 탑?

"어, 입구에 있을 테니까 와라."

-오케이, 기다려. 바로 접속한다!

"그래."

통화를 종료하고 일루전에 접속한 무혁은 탑을 내려가면서 고민에 빠졌다.

성민우도 왔고…….

그와 함께 움직이게 되면 분명 사냥의 속도가 높아질 것이다. 며칠만 함께 해도 3층이나 4층까지도 쉽게 오를지 모른다. 그 상황에서 용후를 죽이기 위해 다시 1층으로 내려가야 한다고 생각하니 괜히 짜증이 났다.

용병 길드에 맡길까.

돈이야 좀 들겠지만 가장 확실한 방법이었다.

지금 돈이…….

인벤토리를 확인해봤다.

[1,800골드]

그동안 꾸준히 검이나 방패, 갑옷을 제작해서 팔았고 사체 분해로 얻은 것 중 필요 없는 재료를 판매했다. 덕분에 골드는 꽤 있는 상태였다. 겨우 그 자식을 죽이기 위해 돈을 쓴다는 것이 물론 아깝기는 했지만, 그보다는 시간이 더 중요했다. 결국 용병길드에 맡기기로 결정을 내렸다.

"어, 여기!"

탑의 1층에 도착하니 성민우가 보였다.

"잠깐 용병 길드에 가자."

"용병 길드는 왜?"

"가면서 이야기해 줄게."

"그래."

그와 함께 이동하면서 블랙 길드와 있었던 일을 간략하게 설명해 줬다. 그러자 성민우가 어이없는 표정을 지어 보였다.

"웃긴 놈이네. 길드 가입 권유를 거절했다고 PK를 걸어?"

"내 말이."

"허, 그 새끼. 나도 한번 죽여도 되냐?"

"큭, 상관은 없지."

성민우는 꽤 열이 받았는지 이런저런 말을 했다. 그사이 용병 길드에 도착했다.

"난 의뢰 맡겨야 하니까 좀 기다려. 아, 기다리는 김에 용병 가입 안 했으면 하고."

"용병 가입?"

"응, 나중에 사냥할 곳 없을 땐 의뢰를 받는 게 더 효율적이거든."

"아하, 오케이!"

성민우는 왼쪽으로. 무혁은 오른쪽으로 이동했다.

"의뢰를 맡기러 오셨습니까?"

"네."

직원이 서류를 건넸다.

"작성해 주세요."

그곳에 의뢰 내용, 소모되는 시간, 원하는 방식 등 상세한 내용을 적었다.

"여기요."

"잠시만 기다려 주세요."

서류를 받은 직원이 서류를 기계로 스캔하더니 새롭게 작성이 된 종이를 보여줬다.

"정리한 내용과 예측 비용입니다. 확인해 주세요."

그 종이를 받아 들자 홀로그램이 떠올랐다.

[의뢰인 : 무혁]

[내용 : 레벨 50에서 55 사이의 유저를 15번 죽여야 한다. 장소는 경비원이 없는 외진 곳의 신전 앞. 그의 죽음 페널티가 끝나는 시간은 저녁 10시로 그때부터 대기해야 한다. 그를 죽이게 되면 알람을 맞춘 후 다시 페널티가 끝나는 순간부터 대기하여야 한다. 그가 접속해서 다른 행동(사냥이나 의뢰와 같은 행위)을 일절 하지 못하도록 해야 하며……]

[예상 비용 : 500골드]

흐음, 예상 비용이 500골드라…….

열다섯 번을 죽여야 하고 목표물이 언제 접속할지 알 수 없는 이상 시간적인 손해가 크게 발생할 수도 있다. 거기다가 목표물의 레벨이 50을 넘으니 확실하게 하기 위해서는 의뢰를 수행하는 유저 역시 최소 60은 되어야 할 것이다. 파티를 꾸린 용병이라 할지라도 50 중반은 되어야 할 것이고. 페널티가 끝난다고 해서 곧바로 접속하진 않을 테니 짧아야 15일, 보통은 20일. 길면 한 달이 넘어갈지도 모른다.

그 시간 동안 계속 탑을 오르락내리락한다?

솔직히 어려운 일이다. 그래, 충분히 죽였으니 나머지는 용병에게 맡겨도 되리라.

"의뢰를 맡기시겠습니까?"

"맡기도록 하죠."

"500골드입니다."

무혁은 돈을 건네줬다.

"확실하게 받았습니다. 의뢰는 완벽하게 수행될 것이니 걱정하지 않으셔도 됩니다."

직원의 말에 괜히 마음이 놓였다. 그와 동시에 문득 궁금해졌다.

흐음, 길드를 해체해 달라는 의뢰는 비용이 얼마나 들려나?

호기심은 채워야 제맛. 무혁은 곧바로 서류를 하나 더 신청해 내용을 적었다.

[카르벤 제국에 위치한 블랙 길드가 해체될 때까지 길드장은

물론 길드원을 죽이고 또 괴롭힐 것.]

그것을 건네자 같은 방식으로 상황이 진행되었다.

"확인해 주세요."

새롭게 생겨난 종이를 받는 순간 무혁의 눈이 절로 커졌다. 예상 비용이 무려 50만 골드였던 것이다. 분명 무혁에게는 어마어마한 금액이었다.

하지만 부자들에게도 그럴까?

목적을 위해서라면 그 정도 돈은 아낌없이 쓸 것이다.

으음, 가디언 길드라면?

다시 서류를 작성했다. 직원이 아니꼽게 쳐다봤지만 어쩌겠는가.

"확인해 주세요."

무혁이 고개를 끄덕였다.

[예상 비용 : 측정 불가]

측정 불가라는 단어가 떴다.

어마어마하네.

이것이 바로 중소길드와 대규모 길드의 차이였다.

그 정도로 힘들단 얘기겠지.

이해가 갔다. 홀로 다니거나 소규모 파티를 이뤄 움직이는 용병들이 어떻게 가디언 길드를 부수겠는가. 물론 길드를 만들어서 용병 의뢰만 전적으로 받아 움직이는 자들도 존재하지만 그건 훗날의 일이다. 지금으로선 용병들만 모인 길드 자체가 아주 비효율적이었으니까.

일루전의 유저들이 지금보다 성장해서 쌓아놓은 힘이 풀려 이곳저곳에서 싸움이 벌어질 수밖에 없을 때, 그때가 되어서야 의뢰만 받아 수행하는 용병 유저 길드가 탄생하리라.

"그럼, 이만."

"……"

궁금증을 모두 해소한 무혁은 직원의 시선을 무시하며 서둘러 용병 길드를 빠져나왔다. 밖에서 잠시 기다리니 용병 길드에서 성민우가 용병패를 흔들며 다가왔다.

"용병패 발급받았다!"

"무슨 등급이야?"

"D등급인데? 너는?"

"나는 C등급."

"어, 뭐야!"

"뭐긴, 실력의 차이지."

무혁은 득의양양하게 웃으며 앞장 섰다.

"따라오라고, D등급."

"이 자식이!"

그렇게 티격태격하며 붉은 탑으로 향했다. 이제 쉼 없이 달려야 할 때였다.

⬤

　2층으로 빠르게 진격하는 무혁의 모습을 보며 성민우가 감탄을 금치 못했다.

　"허어, 길을 아예 외웠네?"

　"당연하지. 들락날락한 게 몇 번인데."

　처음 퀘스트를 받고 길을 찾을 때는 상당히 많이 헤맸다. 숨은 공간을 찾으려고 처음부터 다시 움직였던 게 도움이 되었다. 그 이후로 기사들과 다시 왔고 또 견습기사 지망생과 탑을 오르기도 했다. 물론 그때도 100퍼센트 확실하게 외우지는 못했었다. 하지만 지금은 용후 유저를 죽이기 위해 몇 번이나 나갔다 들어오기를 반복하니 완벽하게 외우게 된 것이다.

　"아아, 블랙 부길드장 때문이지?"

　"그렇지."

　"뭐, 길 쉽게 찾으니까 나는 좋네."

　"넌 진짜 나중에 한턱내라."

　"당연하지. 그보다 너 레벨이 몇이야?"

　"나 59."

　"허얼……."

　성민우가 미간을 찌푸렸다.

"난 이제 56인데."

"높네."

"네가 훨씬 높잖아. 이러면 60레벨 던전은 어쩌냐?"

"아, 그러네."

"쩝, 별수 없지. 60레벨은 혼자 갔다 와라."

"으음……."

잠시 고민해 봤지만 답이 없었다. 무려 3레벨의 차이다. 기다려 줄 수 있을 만큼 짧은 시간도 아니었고.

그렇다고 혼자 가는 건 내키지 않았다. 어차피 일반 던전이기도 하고, 또 무슨 일이 일어날지 알 수 없는 게 일루전의 세계지 않은가.

"뭐, 일단 상황 보고."

그렇게 둘은 한참이나 대화를 나눴다. 일루전의 정보에 대해서, 앞으로의 계획에 대해서도. 그리고 시답잖은 이야기들 역시 나눴다.

"난 빨리 돈 벌어서 차나 한 대 턱 하고 새로 사고 싶다."

"차? 무슨 차?"

"머스탱."

"오호, 근데 그건 리스로 하면 충분하지 않나?"

"음, 그런가? 근데 리스는 내 차가 아니잖아."

"자주 안 바꾸려고?"

"으음, 글쎄. 자주 바꾸고 싶긴 한데……."

"그럼 리스가 딱이네. 3년 계약해서 타고 다니다가 계약 끝나면 차량 돌려주고 다른 차 리스하면 되잖아."

성민우의 표정이 서서히 달아올랐다.

"그렇구나. 내가 리스를 잘 몰라서. 관심도 없었거든."

"아는 게 힘이야, 임마."

"흐음, 그럼 너는?"

"나?"

"응, 너도 차 한 대는 맞춰야지."

"글세, 딱히 타고 다닐 데가 없어서."

"없기는! 다음 달에 고등학교 동창회 있는 거 모르나?"

"동창회랑 무슨 상관인데?"

"좋은 차를 타고 가야 가오가 살지!"

"난 갈지 안 갈지도 모르겠는데."

"계속 게임만 하려고? 이 폐인 자식아. 가끔 바람도 쐐주고 해야 정신 건강에 좋은 거야."

무혁은 잠시 고민했다.

동창회라……. 굳이 갈 필요가 있을까? 성민우처럼 친한 친구도 없는데.

"그것도 그때 가서 생각해 보자."

"그래, 그래."

성민우는 그저 웃었다. 무혁의 성격을 알기 때문이다. 평소에 강요하면 오히려 더 뒤로 빠지는 놈이다. 하지만 당일이 되어서 끌고 가면 또 끌려가는 녀석이기도 했다. 그렇기에 동창회 부분에 대해서는 크게 신경 쓰지 않았다. 그날 데려가면 되니까.

대화가 잠시 막힌 그때.

"어, 왔네."

"저기야?"

"응, 이걸 뽑으면……."

벽돌을 뽑자 눈에 보이지 않던 공간이 생겨났다.

"오오, 신기한데?"

그곳으로 들어가니 계단이 보였다.

저벅.

걸음을 옮겨 2층으로 올라갔다.

성민우가 정령을 소환했다.

"소환."

파이어, 워터, 어스, 윈드.

희미하기만 했던 정령이 형상을 갖췄다.

파이어는 불꽃이 일렁거리는 늑대의 모습으로. 워터는 검과 방패를 지닌 여전사의 모습으로. 어스는 모래로 만들어진 골렘의 모습으로. 윈드는 활공하는 매의 날렵한 모습으로.

그렇게 총 네 종료의 정령이 성민우의 주변에 나타났다. 그가 가슴을 내밀며 무혁을 바라봤다.

"어때?"

솔직히 멋지기는 했기에 호응해 주었다.

"더럽게 멋있네."

"크큭, 그치? 진짜 퀘스트 깰 때 고생해서 엄청 짜증 났었는데 얘네 보고 나니까 그런 마음이 싸악 없어지더라고. 푸하하하하!"

성민우의 웃음이 끝날 즈음.

크르르.

변종 광견 한 마리가 모습을 드러냈다.

"잘 보라고!"

발견과 동시에 성민우가 달려들었다.

어, 저런⋯⋯.

변종 광견의 레벨은 61이다. 네 가지 속성의 정령이 진화를 했다고 하더라도 5레벨이나 높은 몬스터를 홀로 감당하는 건 힘든 일이다.

그렇게 여겼었는데.

크워어어엉!

상황이 예상과 다르게 흘러갔다. 무혁조차 성민우의 전투에 집중하게 되었다.

"흐아아압!"

정령들과 성민우의 호흡이 좋아도 너무 좋았다. 먼저 골렘이 다가가 탱커 역할을 담당했다. 형상이 나타났기에 직접적인 전투가 가능해진 탓이다. 맷집도 좋은지 변종 광견의 공격을 받고도 무난하게 버티는 모습이었다. 거기에 손짓만으로 땅을 흔들리게 만들고 바닥을 솟구치게 만드는 등 다양한 기술로 광견을 괴롭히고 있었다.

늑대의 모습으로 변한 파이어는 사방을 빠르게 달리며 변종 광견의 이곳저곳을 물어뜯었다. 물어뜯은 자리에서는 불꽃이 치솟았고 다친 부위를 태우며 화상 대미지를 입혔다.

검과 방패를 지닌 여전사 워터는 공격과 방어 두 가지에 모두 능했다. 검으로 공격을 성공시킬 땐 동상을 입혔으며, 방패로 막을 때는 물의 장막이 쳐지며 대미지를 줄였다.

가장 빠르게 움직이는 녀석은 매의 모습을 한 윈드였다. 녀석은 날개를 펄럭이며 성민우의 움직임을 보다 빨라지게 만들어주는 버프를 선사했으며 반대로 적에게는 압박을 가하는 디버프로 보조적인 도움을 줬다. 그러면서도 빠르게 활강하며 부리나 발톱으로 적을 공격하는데 속도가 빨라서 절대 무시할 수 없을 정도였다.

가장 중요한 역할의 성민우는 현재 물 만난 고기처럼 날뛰고 있었다.

"으라차차!"

달려드는 광견의 목을 양손으로 잡고서는 하늘로 던지더니 복부를 발로 차올렸다. 높이 떠오른 광견을 파이어가 점프하며 한 번 더 차올렸고, 골렘이 거대한 모래 덩어리를 쏘아 더 높게 떠오르게 만들었다.

"어스!"

성민우의 외침에 골렘이 손을 휘저었다.

쿠르릉.

바닥에서 모래의 계단이 솟구쳤다.

파밧.

그것을 밟고 점프한 성민우는 양발로 광견의 목을 압박하고 양손으로 가슴을 부여잡은 채 아래로 떨어졌다.

쿠웅.

광견의 목이 먼저 떨어졌다.

크에에엑!

괴성을 지르며 광견이 울부짖었다. 그 순간 매가 달려들어 광견의 목덜미를 잡고 하늘로 떠올랐다.

그 순간, 스킬을 쓴 것인지 성민우의 몸이 빛났다.

콰앙!

폭발과 함께 성민우가 허공으로 떠오르자 사방에서 세 마리 정령이 다가왔다. 성민우는 그들과 어우러지더니 무섭도록 빠르게 광견을 짓밟았다.

성민우가 차고 파이어가 물고 어스가 때리고 여전사가 밀어냈다. 그 모든 행동들이 조금의 오차도 없이 이어졌다.

콰과과과광!

커다란 폭발에 뒤이어 광견이 바닥으로 추락했다.

동시에 바닥이 치솟았다.

콰앙!

떨어지는 속도와 어스의 기술이 합쳐지며 대미지가 증가했다. 이어서 착지한 성민우가 천천히 몸을 일으켰다.

"후우."

호흡과 함께 무혁을 쳐다봤다.

"어때?"

"으음……."

무혁이 고민하더니 입을 열었다.

"반만 합격."

"뭐? 나머지 반은!"

그 순간 쓰러졌다고 여긴 변종 광견이 몸을 일으키더니 그르릉거렸다. 붉어진 눈동자가 활화산처럼 피어오르며 앞에 있던 골렘을 물어뜯었다. HP가 20퍼센트 아래로 떨어졌을 때 일어나는 변화였다.

무혁이야 생고기를 던져 이목을 끈 다음 사냥을 했기에 그다지 위협적이지 않았지만 성민우는 다르리라. 저게 진짜 변종 광견이지.

"저 녀석 아직 안 쓰러졌잖아."

"안 죽었네?"

성민우도 의외인 표정이었다. 하지만 자신만만하게 다시 전투를 시작했다.

"으읍!"

하지만 이번의 전투는 생각대로 흐르지 않았다.

파바밧.

변종 광견이 갑자기 엄청난 속도로 움직이며 물어뜯고 앞발로 할퀴는 공격을 어스에게 무차별적으로 밀어붙이기 시작한 것이다. 어스는 무난하게 방어를 하던 모습은 어디로 사라졌는지 맹렬한 공격을 받아내다 결국 신체를 이루던 모래가 투둑 하고 떨어졌다.

그때 파이어가 달려들었지만 광견과 한번 어우러지더니 구석으로 처박히고 말았다. 하늘을 활공하는 매도 광견에게 날개를 뜯긴 채 추락했다. 여전사 역시 제대로 된 공격을 성공시키지 못하고 있었다.

눈이 붉어진 광견은 모든 능력치가 대폭 증가한 상태였다. 그렇기에 처음과 같게 생각하면 큰코다치게 된다. 지금의 성민우처럼 말이다.

"어, 어……!"

하지만 그것도 잠시였다.

스윽.

정신을 차린 성민우가 보다 신중하게 움직이기 시작했다.

가벼움이 사라진 성민우의 발걸음에 무게가 실렸다. 한 걸음에 진지함을 담았고 다음 걸음에 신중함을 담았다. 걸어가며 손을 뻗자 성민우의 HP가 줄어드는 대신, 쓰러졌던 정령들의 HP가 차올랐다. 이내 자리를 박차며 다가온 정령 네 마리가 성민우의 뒤에 위치했다.

저벅.

그렇게 광견과의 거리를 좁혀 나갔다.

크르르르……

놈이 낮게 울며 위협했으나 겨우 20퍼센트 아래의 HP만이 남은 상태였다.

"자, 가자고!"

성민우가 지면을 찼다.

파밧.

그리고 그들은 중간에서 거칠게 얽혔다. 어지러운 상황 속에서도 무혁과 정령의 호흡은 환상적일 정도로 좋았다. 서로의 특징을 잘 살려 도와주고 있었으니까.

하지만 변종 광견은 정말 끈질겼다. 상처 입은 맹수를 조심하라는 말이 바로 이 뜻일까. 놈은 끝까지 들러붙으면서 파이어를, 어스를, 그리고 워터를 끝끝내 역소환시켜 버렸다.

"미친……!"

결국 성민우와 윈드, 그리고 광견. 이렇게 셋만 남게 되었다.

성민우의 HP 역시 이미 바닥을 바라보는 중이었다. 네 마리 정령에게 HP를 나눠주는 스킬 때문이었다.

물론 광견은 죽기 직전까지 와 있는 상태였지만 그렇다고 이길 수 있다고 확신할 수는 없었다.

"후아, 진짜 장난이 아니네……."

성민우의 낮은 목소리가 퍼졌다.

"힘들지?"

"어, 안 되겠다. 도와줘."

무혁이 웃으며 인벤토리에서 지팡이를 꺼냈다. 곧바로 마법 공격력을 높인 후 손을 뻗었다.

죽은 자의 축복.

여타 마법처럼 쏟아지는 게 아니라 발동하는 순간 이미 상대방에게 적중하는 스킬인 탓에 아무리 날렵한 광견이라 할지라도 결코 피할 수 없었다.

[785의 대미지를 입힙니다.]

상당히 높은 대미지였다. HP가 바닥을 기고 있던 광견이었기에 그 공격 한번에 목숨을 잃고 말았다.

[경험치가 상승합니다.]

그에 멍하니 무혁을 바라보는 성민우.

"하, 너무 쉽게 잡았잖아!"

"스킬 특성이니까."

무혁은 광견에게 사체 분해를 했고 성민우는 그 뒤에서 투덜거렸다.

"붉은 탑에 관한 이야기가 워낙에 무성하니까 난 좀 과장되었다고 여겼는데 아니네."

"과장이라……."

무혁이 부드럽게 웃었다.

전혀, 절대로. 조금도 과장되지 않았다. 잘 모르는 사람들이 과장해서 낸 그 소문보다도 더 힘든 곳이 바로 이곳 붉은 탑이다.

"힘들어 죽겠다, 진짜."

"그래도 대단했어."

"대단하긴. 한 마리 잡는 것도 힘들어 죽겠는데."

"원래 혼자서 잡는 거 어려워."

"그래? 그런 거지? 역시."

칭찬 한번에 태도를 싹 바꾸는 모습에 절로 웃음이 났다. 하지만 속으로는 진심으로 감탄하고 있었다. 무려 5레벨 차이다. 만약 HP가 20퍼센트 아래로 떨어졌을 때 능력치가 대폭 상승한다는 사실을 알고 있었다면 홀로 사냥하는 것도 분명 가능했으리라. 정령 파이터라, 확실히 대단한 직업이었다. 물론 특징을 잘 살리고 부드럽게 연계하는 성민우의 능력도 대단했고 말이다.

"쉬어야 하나?"

"조금만 쉬면 될 것 같은데."

"그럼 가자. 이번엔 나 혼자 사냥할 테니까."

"오케이."

앞으로 나아가길 몇 분, 이번엔 두 마리의 광견이 나타났다.

"어? 두 마리네?"

"응."

"괜찮겠어?"

무혁이 씨익 웃었다.

"구경이나 해."

그렇게 말하며 스켈레톤을 소환했다.

25마리의 소환수가 특유의 소리를 뱉으며 모습을 드러내자 다가오는 두 마리 광견의 공포감이 사라져 버렸다. 수적인 우위로 인한 안정감이었다.

"크, 역시 많아."

성민우의 말을 뒤로한 채 명령을 내렸다.

검뼈들이 달려들고.

파방!

활뼈들은 시위에 뼈 화살을 건다.

메이지는 지팡이를 치켜든 채.

공격.

지시에 맞춰 최고의 화력을 뿜어냈다.

콰과과광!

거기에 생고기까지 더해지니 지금껏 그래 왔던 것처럼 광견들은 무혁의 옷자락 하나 건드리지 못한 채 쓰러져 갔다.

[경험치가 상승합니다.]×2

광견 두 마리를 너무나 쉽게 처리하는 모습에 성민우가 입을 떡하니 벌렸다.

"뭐, 뭐야? 그 생고기는!"

"이거?"

"그래, 그거!"

"공략법이지."

"허어……!"

성민우가 몸을 벌떡 일으켰다.

"와, 겁나 치사하네. 그런 게 있었으면 진작 알려줬어야지."

"알려주기 전에 뛰쳐나갔잖아."

"그, 그건 그렇지만……!"

"이제 알았으니까 된 거지. 가자고, 폭업하러."

폭업이란 말이 왜 이리도 달콤한지. 성민우는 금세 꿀에 취한 벌처럼 헤벌쭉거렸다.

엄청난 속도로 2층을 주파했다.

[경험치가 상승합니다.]
[경험치가 상승합니다.]
[경험치가 상승⋯⋯.]

그렇게 순식간에 3층으로 오르는 장소까지 도달했다.
"바로 올라가?"
"아니, 잠깐만."
무혁은 3층으로 오르기 전에 광견의 뼈를 가지고 뼈 조립을
실시했다.
강화뼈1부터.
먼저 갈비뼈 하나를 뽑았다.

[강화뼈1의 힘(0.16)이 하락합니다.]

그러자 힘이 떨어졌다.
이후 광견의 뼈를 뽑았던 갈비뼈 자리에 꽂았다.

[강화뼈1의 민첩(0.24)이 상승합니다.]

힘 대신 민첩이 올랐다.

음, 아쉽지만 뭐.

그래도 상승하긴 했으니까 그냥 두기로 했다.

다음은······.

잠시 보다가 골반 뼈를 뽑았다.

[강화뼈1의 체력(0.26)이 하락합니다.]

생각보다 큰 하락이었다.

이런······.

고민하다가 가장 굵어 보이는 광견의 뼈를 그 부위에 꽂았다.

[강화뼈1의 체력(0.34)이 상승합니다.]

다행이었다.

"후우."

안도하며 다시 뼈 조립을 이어 나갔다.

[강화뼈1의 민첩(0.16)이 하락합니다.]
[강화뼈1의 힘(0.24)이 상승합니다.]
[강화뼈1의 체력(0.26)이 하락합니다.]
[강화뼈1의 민첩(0.14)이 상승합니다.]

강화뼈1은 두 번을 더 조립하고 강화뼈2로 넘어갔다.

강화뼈2는 민첩이 떨어지고 힘이 상승했다. 검뼈3은 안타깝게도 힘과 민첩이 조금 하락했고 검뼈4는 체력과 힘이 조금씩 상승했다.

그렇게 검뼈와 활뼈 전원 골고루 뼈 조립을 실시한 후 3층으로 올라갔다.

성민우가 물었다.

"여기는 뭐가 나오냐?"

"벌."

"그 윙윙거리는 벌?"

"어."

"흐음, 좀 까다롭긴 하겠지만……."

아마도 현실에서의 벌을 떠올리고 있으리라. 크기가 작으니 까다롭다고 여기겠지. 하지만 막상 보고 나면 분명히 경악할 것이다. 사람 몸통보다 더 큰 벌을 처음 보게 되면 누구나 그런 반응을 보일 테니까.

그건 존재하지 않는 몬스터를 보는 것과는 확실히 다른 기분이다. 오우거나 사이클로프스 같은 몬스터는 애초에 이름만으로도 자신이 상상할 수 있는 가장 무서운 모습으로 녀석들을 그리게 된다. 모르기 때문이다. 그래서 심정적으로 대비할 수 있다.

하지만 벌이나 쥐는 모습을 알고 있다. 그렇기에 별다른 상상을 하지 않는다. 그러다 막상 마주친 그 대상이 상상과는 전혀 다른 괴물이라면?

생각해 보라. 집에서 보는 바퀴벌레가 2미터로 커졌고 그 녀석이 날개를 퍼덕이며 달려드는 모습을. 무혁은 고개를 저었다. 잡념을 지운 채 무성의하게 말을 내뱉었다.

"네 생각과는 조금 다를 거야."

"웅? 다르다니?"

"보면 알아."

마침 저 멀리서 위이잉 하는 소리가 들려왔다.

"어, 왔나 본데? 이번에도 공략법 있어?"

"있지."

"오오, 알려줘."

"일단 벌이 쏘는 침을 맞아. 그럼 마비가 올 거야. 이후 그 침을 뽑아서 벌에게 던져서 맞히면 돼. 그럼 조금 남아 있는 마비의 독이 발동하면서 벌이 날갯짓을 멈추고 아래로 추락할 거야. 그때 날개를 잘라. 그다음은 알지?"

성민우가 고개를 갸웃거렸다.

그 작은 벌의 날개를 자르라고……?

소리가 커진다.

위이이잉.

그제야 성민우의 표정이 굳어갔다.

무슨 소리가 이렇게 커?

저 멀리 점처럼 모습을 드러낸 벌은 처음에는 분명히 작았다. 하지만 매우 빠른 속도로 커지기 시작했다. 이윽고 성인 몸통보다 더 큰 벌임을 확인한 성민우가 놀라며 뒤로 자빠졌다.

"허, 허억!"

"말했지? 네 생각하고는 조금 다를 거라고."

"미, 미친. 이게 조금 다른 정도냐!"

무혁이 고개를 끄덕였다.

"정정. 많이 다르지."

"으, 미쳤네. 무슨 벌이 저따위로 커!"

전신으로 소름이 돋았다. 그렇다고 가만히 있을 순 없었다.

"공략법대로만 하면 돼."

"으, 알았어."

무혁과 성민우. 둘 중에 누구를 먼저 공격할지 모르기에 긴장을 하고 있어야만 했다.

그때 거리를 좁히던 대왕벌이 성민우에게 접근했다. 그러곤 엉덩이를 들이대 침을 쏘았다. 마비가 온 성민우는 움직일 수 없었고 주변을 배회하며 관찰하는 대왕벌의 위이잉거리는 소리를 들으며 미간을 찌푸렸다.

풀렸다!

곧바로 침을 뽑아 대왕벌을 향해 던졌다. 그것을 맞고 마비가 되어 떨어지는 벌의 날개를 양손으로 뜯어버린 후 뒤로 물러났다.

"후아, 후아……."

거친 호흡을 내뱉는다.

"으, 엄청 소름 돋아!"

익숙해지기 위해선 시간이 조금 걸릴 것 같았다.

블랙 부길드장이었던 용후.

벌써 몇 번이나 죽었던가.

"……."

그의 얼굴은 마치 폐인처럼 피폐한 상태였다.

무혁에 대한 원망? 복수심?

처음에는 분명하게 존재했었다. 그 유저를 죽이기 위해서 뭐든 하리라 다짐했다. 몇 번 죽었을 때는 친형에게도 부탁을 했었다. 하지만 들리는 건 냉담한 거절의 목소리뿐이었다. 친구들에게도 부탁했으나 다들 고개를 저었다. 시간이 없다거나 쓸데없는 분쟁이 휘말리기 싫다는 이유를 들면서 냉정하게 거절했다.

홈페이지에 올려도 봤다. 거액을 줄 테니 자신을 죽이려는 자를 막아 달라고. 하지만 게시물마다 쓰레기 길드의 부길드장이었다는 댓글이 달렸고 그간의 더러웠던 행적이 낱낱이 파헤쳐지면서 의뢰를 맡아주는 이가 나타나지 않았다. 그래서 접속할 때마다 죽고 또 죽었다. 혼자가 되었다는 그 참담한 심정은 말로 표현할 수가 없었다.

허망함을 느꼈다. 그래서 잊었다. 복수심도 원망도.

이뤄질 수 없는 일이란 걸 깨달았으니까.

지금은 오직 한 가지. 일루전……. 그저 일루전을 즐기고 싶을 뿐이었다. 오늘도 24시간이라는 시간을 의미 없이 보냈다. 이제 페널티가 끝나서 접속 할 수 있었지만 어차피 또 죽을 것을 알기에 쉽사리 접속을 시도할 수가 없었다.

차라리 지금이 낫다. 페널티라도 풀린 덕분에 마음만 먹으면 접속은 할 수 있지 않은가. 마음을 먹어도 접속할 수 없는 것과 마음을 먹으면 접속할 수 있다는 사실은 비슷했으나 분명히 달랐다. 그 작은 차이로 인한 안정감. 그걸 만끽했다.

한 시간이 흐르고, 다시 한 시간이 더 흐른다. 그렇게 쌓인 시간들.

아, 벌써 이렇게 흘렀나.

용후는 그제야 몸을 일으켰다. 페널티가 끝나고 8시간이나 더 지났을 때였다. 용후는 천천히 캡슐에 몸을 눕혔다.

제발…….

속으로 빌고 또 빌었다.

[새로운 세계에 오신 것을 환영합니다.]

기계 음성과 함께 눈을 떴다.

언제나 보던 장소. 신전의 내부였다. 나아가면 또다시 죽지 않을까 두려웠다. 그래도 열 수밖에 없었다.

끼이익.

문이 열리고 빛이 들어온다. 일루전의 세상이다.

"아……."

걸음을 내디뎌 신전에서 나서는 순간.

파밧.

사방에서 유저들이 다가와 그를 포위했다.

"제발……."

그때 한 명의 유저가 답했다.

"그 우는 소리도 오늘로 끝이겠네."

"……?"

용후가 의아한 듯 말을 한 유저를 쳐다봤다.

"의뢰가 끝나거든, 내일이면."

"쓸데없는 소리 말고 마저 처리해."

"알았다고."

유저가 용후를 공격했다.

퍼억.

하지만 용후는 피하지 않았다. 그저 그의 말만 뇌리에 박혀 있을 뿐이었다.

오늘이, 마지막이라고?

그 말에 희망이 되어 그를 집어삼켰다.

"진짜, 진짜로……."

거대한 빛이 되어 터진다.

"오늘이 마지막이라고?"

"그래, 그러니까 죽어."

"아아……!"

각종 공격이 쏟아졌다.

콰과과광!

접속을 하자마자 죽어가고 있었지만 그럼에도 용후는 웃고 있었다.

마지막이다. 마지막. 드디어, 진짜 마지막이다!

복수는 생각도 하지 않으리라. 그 유저를 보면 꼬리를 만 채 숨을 것이다. 눈도 마주치지 않을 생각이었다. 안 그래도 그에게 1:1로 졌는데, 한 달이 지난 지금은 얼마나 격차가 벌어졌을지 상상도 되지 않았다. 꽁꽁 숨어서 지내야지. 더 이상 쓰레기처럼 살지 않으리라. 눈에 띄면 안 되니까. 이전과는 다르게 그저 일루전을 즐길 것이다. 그렇게 다짐했다.

대왕벌에게 익숙해지고, 흡혈귀를 처치하고. 스몰 오우거와 혈전을 치르고, 샌드맨을 공략했다. 그즈음 경험치 버프 시간을 모두 사용했고 또 60레벨이 되어 던전을 갔어야 했으나 여기까지 온 김에 7층 보스 몬스터에 대한 경험을 쌓기 위해서 외눈박이 거인에게 도전했다. 예상대로 놈의 질긴 숨통을 끊지 못한 채 너무나 초라하게 후퇴하고 말았다.

조금이라도 더 빨리 성장하기 위해 던전을 다녀오겠다고 탑을 내려간 무혁은 하필이면 가려고 했던 던전이 길드에 의해 점령되었음을 발견하고는 다시 탑으로 되돌아왔다.

"혼자 가는 것도 사실 마음에 걸렸었고, 차라리 잘됐어."

"잘되긴, 개뿔이."

"그냥 탑에만 집중할 수 있잖아."

"하, 긍정적인 놈. 던전이 장난도 아니고. 아깝지도 않냐?"

"일반 던전이라 보상도 그냥 그랬을 거야."

아깝긴 했지만 어쩔 수 없는 일이었다. 길드가 점령한 이상 그들과 척을 지면서까지 일반 던전을 탐할 이유는 없었으니까. 유니크라면 또 몰라.

"쩝. 그래, 탑이나 공략하자."

그렇게 성민우와 다시 탑을 오르기 시작했고 5층의 끝에 도착했을 땐 10일 이상이 흘러간 뒤였다. 그동안 무혁은 63레벨이 되었고 성민우는 60레벨에 진입할 수 있었다. 때때로 용후에 대해 떠올렸지만 그때마다 고개를 저었다.

알아서 잘 했겠지.

의뢰가 끝났더라도 그 정도로 당했으면 게임을 접었을 것이다. 그게 아니더라도 한동안은 조용할 것이고.

그보다는 현재에 집중할 때였다.

"6층에 오르기 전에 잠깐만 쉬자."

"얼마나?"

"음, 밥도 먹어야 하고……."

누군가를 만나야 할지도 몰랐다.

"한 2시간 정도?"

"그렇게 오래?"

"응, 일이 있을 수도 있어서. 정확한 건 나가서 문자로 말해줄게."

"알았어, 조금 이따 보자."

"그래."

두 사람 모두 로그아웃을 했다.

무혁은 먼저 일루전 홈페이지부터 살폈다. 자유 게시판, 팁 게시판, 영상 게시판 등 게시판을 모두 훑으면서 현재 붉은 탑의 진행 정도를 파악하려고 애썼다. 그때 운 좋게도 현재 상황에 대해 대략적으로 써놓은 게시물을 발견했다.

[제목 : 붉은 탑, 진행 상황에 대하여.]

[내용 : 붉은 탑에 아주 관심이 많아 평소 이곳저곳을 돌아다니면서 주워들은 게 많습니다. 직접 길드에 문의하기도 했고 말이죠. 그 대략적인 상황을 알려드리도록 하겠습니다. 먼저 현재 가장 높은 층수까지 올라간 길드는 역시나 예상대로 포르마 대륙에서도 첫 번째라고 일컬어지는 다크니스 길드의 정예입니다. 그들은 현재 5층에 진입한 상태이며 거기에 나타나는 몬스터가 스몰 오우거라고 밝혀왔습니다. 뭐, 전가 보지 않아서 잘 모르겠지만 작은 몸집에 빠른 움직임, 거기에 엄청난 파괴력을 지녔다고 하네요. 그다음은 예상을 뒤엎고 우리나라의 가디언 길드가 2위에 올랐네요. 그들은 다크니스 길드의 뒤를 이어 이제 막 5층에 진입했다고 하네요. 아, 그리고 한 가지 새로운 사실을 알게 되었는데요. 여러 가지 길드에 문의를 한 결과 아무래도 진입한 인원의 수에 따라서 나타나는 몬스터의 수가 다른 것 같습니다! 아주아주, 베리머치 중요한 부분이죠? 아무튼, 3위를 차지하고 있는 곳은…….]

무혁은 뒤로 가기를 눌렀다.

5층이라.

예상과 크게 다르지 않았다. 이제 정보를 팔아야 할 시기가 왔다. 조금 더 늦춰질 경우 제대로 된 값어치를 못하게 될지도 모른다.

스윽.

휴대폰을 꺼내어 전화를 걸었다.

통화음이 흐르고.

-여보세요?

김민호 PD의 목소리였다.

"저 무혁입니다."

-아, 네. 오랜만이네요. 잘 지내셨죠?

"네, PD님도 잘 지내셨나요."

-그럼요. 그런데 갑자기 무슨 일로 연락을 주셨는지······.

"전에 하셨던 말씀이요. 아직 유효한가요?"

-전이라면?

"정보요."

-물론이죠, 유효합니다.

김민호 PD의 목소리가 사뭇 진지해졌다.

-어떤 정보인지 알 수 있을까요?

"붉은 탑에 관한 정보입니다."

-붉은 탑······!

"네, 몬스터 공략법이라고 하면 이해가 되시나요?"

잠깐의 침묵이 흐르고.

-지, 지금 당장 뵙죠!

목소리에서 다급함이 느껴졌다. 그것만으로도 여러 가지가 상상되었다.

얼마나 놀랐을까?

자리를 박차고 벌떡 일어났을지도 모르고 혹은 눈을 크게 뜬 채 멍한 표정으로 사방을 두리번거릴지도 모른다. 절로 미소가 그려졌다. 몬스터 공략법, 그 정보에 대한 가치를 인식하고 있다는 소리였으니까.

"어디서 뵐까요."

-제가 그쪽으로 가겠습니다.

"그럼 전에 봤던 카페가 괜찮겠네요."

-네, 30분 안으로 도착할 겁니다.

"알겠습니다."

통화를 종료하고 무혁도 나갈 준비를 했다.

약 10분 뒤.

집을 나서 약속 장소인 카페로 향했다.

안으로 들어가서 자리를 잡은 후 휴대폰을 만지작거리면서 그가 오기를 기다렸다. 5분도 채 지나기 전에 문이 벌컥 열려 종소리가 거칠게 울렸다. 그 소리에 고개를 돌리자 김민호 PD가 허겁지겁 들어오는 모습을 볼 수 있었다. 그 역시 무혁을 발견하고는 달려왔다.

"하하, 급하게 온다고 했는데 늦어서 죄송합니다."

"아뇨, 저도 방금 도착했어요."

"휴우, 다행이네요. 일단 음료라도 주문할까요?"

"그러죠."

음료수를 주문하고 다시 대화를 이어갔다.

"붉은 탑 몬스터 공략법에 대해서 아신다고요?"

"네, 전부 아는 건 아니지만요."

"아아, 그렇겠죠. 일단 차근차근 이야기를 해봐야겠네요. 계약서도 가지고 오긴 했는데 맞춰보고 수정하면 되니까요."

"그래야죠."

"혹시 대략적으로 얼마나 아는지 알 수 있을까요?"

"네, 어렵지 않죠. 일단 2층으로 향하는 정확한 길을 찾는 방법. 2층 몬스터 변종 광견과 3층 몬스터 대왕벌의 확실한 공략법. 마지막으로 4층 몬스터 흡혈귀에게 유리한 직업 정도까지라고 보면 될 것 같네요."

김민호 PD의 눈이 커졌다.

뒤늦게 정신을 차리고 머리를 굴렸다. 이 정도면 어마어마한 시청률 확보가 가능하리라. 동시에 국장에게서 들은 말이 떠올랐다. 내가 정해놓은 마지노선에서 해결을 보라고!

그래서 표정을 가다듬었다.

"괜찮네요."

"그런가요?"

"일단 계약서부터 보시죠."

"네."

"먼저 정보가 정확한지 확인해야 하기 때문에 이번에는 내일 저녁까지는 메일로 보내주셔야 할 것 같아요. 그래야 이번 주 방송이 차질 없이 진행되니까요. 그리고 계약금은 천만 원으로 인상되었어요. 인센티브 역시 시청률이 0.1퍼센트 상승할 때마다 70만 원을 드리기로 했고요."

"시청률 기준은요?"

"지난 4주간의 평균 시청률로 하기로 했습니다."

무혁이 의문을 제기했다.

"지난 4주 동안의 평균 시청률이요?"

"네."

"그때는 제 정보로 인해서 시청률을 높였을 때잖아요."

"그렇죠."

무혁이 준 정보로 인해서 지난 한 달간의 시청률이 상당히 높게 유지되고 있었다. 그것으로 평균을 내게 되면 지난번 계약보다 훨씬 높은 시청률이 로 기준이 정해지는 것이고, 자연스럽게 인센티브를 받을 확률이 현저하게 떨어지게 된다.

내가 호구인 줄 아나.

무혁이 웃으며 몸을 일으켰다.

"그래도 한번 계약을 했던 입장이라 서로에게 이익이 되는 방향으로 진행될 거라고 생각했는데 아니네요."

"네? 무, 무혁 씨?"

"이만 가 보겠습니다."

걸음을 옮겨 카페를 빠져나갔다. 멍하니 있던 김민호 PD가 다급히 쫓아와서는 그의 팔을 붙잡았다.

"왜 이러시는지 말씀이라도……."

"아시잖아요? 한 달 전 시청률로 계산을 하면 인센티브가 의

미 없어진다는 거요."

김민호 PD가 씁쓸하게 웃었다.

"저도 알죠."

"그런데도 이런 계약서라니……."

"월급쟁이가 어쩌겠습니까."

그의 말이 가슴에 꽂혔다.

으음.

그렇다고 이런 계약서에 사인을 할 수는 없었다.

그럼 더 독하게 해야겠네.

그래야 보고라도 올리지 않겠는가.

위에서 무혁의 정보가 이득이라고 판단하면 제대로 대우를 해줄 것이다. 만약 대우를 안 해준다면 다른 곳이랑 하면 되는 것이다. 무혁으로선 아쉬울 게 없었다.

"위에 전해 주세요."

"어떤……?"

"일루전 관련 프로그램이 여기만 있는 게 아니라는 걸요."

그러곤 휑하니 돌아갔다.

한편, 김민호 PD는 곧바로 국장에게 보고를 올렸다.

-뭐? 당장 국장실로 와!

"네."

전화를 끊고 서둘러 방송국으로 향해 국장실로 들어가니

굳은 표정의 국장이 김민호 PD를 쳐다보고 있었다.

"거절했다고?"

"네."

"이유가 뭔데?"

"조건이 마음에 안 든답니다."

"허어, 그 정도면 된 거지. 도대체 얼마나 해달라는 거야?"

김민호 PD가 미간을 찌푸렸다.

"국장님."

"음?"

"솔직히 지난번 그 정보로 시청률 대폭 상승했지 않습니까?"

"그랬지."

"이번 정보는 더 대박입니다. 이거 다른 방송국으로 들어가면 저희 시청률 곤두박질칠 겁니다. 태도로 봐서는 매우 단호했습니다. 어쩌면 지금 다른 방송국이랑 이야기가 진행되고 있을지도 모르고요. 빨리 결정을 내려야 합니다."

국장의 표정이 찌푸려졌다.

"하아."

이건 어쩔 수 없는 일이다.

"최고로 해줘!"

"알겠습니다!"

대답과 함께 몸을 일으킨 김민호 PD가 국장실을 나서며 서둘러 전화를 걸었다.

약 40분이 지났을 무렵.

드드드.

김민호 PD로부터 전화가 왔으나 받지 않았다.

두 통, 세 통.

그 즈음 전화가 아니라 문자가 왔다.

[오늘 정말 죄송했습니다. 회의를 거친 후 새롭게 계약서를 작성해서 메일로 보냈습니다. 시청률은 어쩔 수 없이 지난 걸로 평균을 내야 해서 한 달이 아니라 세 달로 기한을 늘렸습니다. 그리고 지난 달 시청률이 유난히 높았던 걸 감안해서 인센티브도 올렸습니다. 한번 확인해 주시고 마음에 든다면 연락주세요.]

무혁은 노트북을 꺼내어 메일을 확인했다.

천천히 계약서를 훑었다.

흐음, 이제야 괜찮네.

지난 세 달 동안의 평균 시청률은 20.3퍼센트였다. 인센티브 역시 0.1퍼센트마다 90만 원을 지급한다고 나와 있었다.

계약금은 1,200만 원으로 이정도면 최대한의 성의를 보인 것이다.

전화를 걸었다.

-아, 무혁 씨!

"네, 메일 확인했어요."

-어떻게…… 마음에 드나요?

"좋네요."

-후우, 다행이네요. 그러면…….

"지금 보죠."

-알겠습니다!

약속을 잡고 전화를 끊었다. 곧바로 성민우에게 연락을 해서 혼자 사냥하고 있으라고 말했다. 공략법을 알고 있고 정령 네 마리를 소환하니 크게 문제는 없으리라.

"조금 있다 접속해서 보자."

-그래.

이후 집을 나섰다.

김민호 PD 역시 전화를 끊고 방송국을 나가기 위해 1층 홀을 가로질렀다. 그때 마주오는 유라와 마주쳤다.

"어? 삼촌."

"이제 왔어?"

"응, 어디 나가?"

"계약하러."

"아까 나갔다가 온 거 아니야?"

김민호가 허탈하게 웃었다.

"그 사람 보통이 아니더라."

"무슨 소리야?"

"계약 조건 보더니 뒤도 안 돌아보고 가더라고. 그래서 완전히 최고 대우로 바꿨어."

"아니, 나이도 어린 사람이……."

김민호가 고개를 저었다.

"멍청한 사람이 손해 보는 세상이야. 야무지게 행동한 걸 가지고 뭐라고 할 순 없지."

"그래도……."

"사실 나도 최고 대우로 해주고 싶었어. 그 정도 가치가 있는 정보였으니까. 근데 위에서 최대한 깎으라니까 어쩔 수 없었던 거지. 차라리 그 친구가 그렇게 해줘서 위에 보고할 수도 있었고 덕분에 가치에 맞게 정보를 얻어낼 수 있으니 된 거야."

"후우, 삼촌은 그게 문제야."

"뭐가?"

"사람이 좋아도 너무 좋잖아."

"흐음……."

김민호가 유라를 빤히 쳐다봤다.

"왜, 왜? 뭐!"

"유난히 말이 많네?"

"무, 무슨 소리야?"

"같이 가고 싶어서 그래?"

"아니거든!"

"강한 부정은 강한 긍정이라더라."

유라가 입을 꾸욱 하고 다물었다.

"갔다 올 테니까 방송이나 잘 준비하고 있어."

"칫, 알았어."

방송국을 나선 김민호는 차를 타고 서둘러 무혁과의 약속 장소로 향했다.

🌑

계약은 깔끔하게 끝났다.

"잘 부탁드릴게요."

"제가 할 말이죠."

악수를 한 후 헤어진 무혁은 간단하게 끼니를 때우고 집으로 돌아갔다. 곧바로 일루전에 접속했지만 성민우가 보이지 않았다. 전화로 이야기를 했듯이 혼자서 사냥 중이리라. 길이야 훤했기에 찾는 것에 문제는 없었다.

쾅과광!

벌써부터 진동이 느껴지는 걸로 보아 거리는 멀지 않을 것 같았다. 예상대로였다. 얼마 가지 않아서 성민우를 발견할 수 있었다. 네 마리 정령과 함께 치열한 전투를 벌이는 중이었다.

"힘드냐?"

"겁나 힘들어! 도와!"

곧바로 파티를 맺은 후 무혁도 전투에 참여했다.

"얼음 마법 날린다?"

"오케이!"

마법 명령을 내리자 얼음의 알갱이가 허공에 생성되었다.

그 알갱이가 샌드맨에게 쏘아졌다. 물에 젖은 샌드맨의 몸체가 진득해지면서 뚝, 뚝 떨어졌다.

드러나기 시작한 핵을 성민우의 정령들이 노렸다.

퍼버버벅!

핵에 금이 갔다. 하지만 깨어지진 않았다.

"워터!"

그때 성민우의 정령 워터가 검을 위에서 아래로 크게 내리그었다. 그러자 마치 파도와도 같은 거대한 물줄기가 검에서 쏟아지더니 샌드맨을 휩쓸어버렸다.

또다시 드러난 핵.

성민우는 정령들과 함께 이번에도 그 핵을 동시에 노렸다.

금이 간 덕분일까.

콰직.

이번 공격으로 핵을 부서뜨릴 수 있었다.

"좋아!"

떠오르는 메시지들.

[샌드맨의 핵을 파괴했습니다.]
[샌드맨의 HP가 더 이상 회복되지 않습니다.]
[샌드맨의 HP가 30퍼센트 하락합니다.]
[샌드맨의 몸을 이루는 모래의 기능이 상실됩니다.]

핵이 파괴된 이상 샌드맨은 그저 경험치 덩어리일 뿐이었다.

팡! 파방!

뼈 화살이 연이어 날아가고 성민우의 스킬 공격이 끝나는 시점에 맞춰 메이지들의 마법 공격이 뿜어졌다. 뒤이어 정령들의 공격이 몇 번 성공하니 핵이 사라진 샌드맨이 흐물거리며 녹아버렸다.

[경험치가 상승합니다.]

경험치를 확인하며 성민우가 자리에 앉았다.

"역소환."

정령을 보낸 후 1회용 제작 도구를 꺼냈다.

"나 MP가 없어서. 좀만 쉬자."

"그래."

어느새 손에 들린 망치를 휘둘렀다.

타앙, 타앙!

쉬는 동안 성민우는 무언가를 제작하기 시작했다.

"……."

가만히 바라보는 무혁의 표정이 미묘하게 찌푸려졌다.

마치 날 보는 것 같네.

이내 어깨를 으쓱거리며 무혁 역시 자리에 앉았다. 그러곤 성민우와 마찬가지로 1회용 제작 도구를 꺼내어 준비를 했다. 뭘 만들어 볼까.

요즘 인기 있는 아이템은 방패였다. 직업에 관계없이 하나쯤은 장만해야 한다는 마인드라 성능이 그리 좋지 않더라도 쉽게 잘 팔렸기 때문이다. 역시 방패가 좋겠지.

방패의 이미지를 떠올리며 망치를 들었다. 결이 나타났다. 그것을 맞히기 위해 휘둘렀다.

타앙!

순식간에 집중하게 되었다. 오직 결을 정확하게 때리기 위해서 노력했다.

타앙!

결을 맞히게 되면 진행도가 상승하면서 해당 결이 사라지고 다른 결이 나타나게 된다. 맞히지 못할 경우에는 결이 그대로 남고 진행도가 떨어지게 되지만 현재의 무혁은 꽤나 숙련이 된 상태라 그런 상황은 거의 발생하지 않았다.

[결을 맞혔습니다.]
[진행도(4.1퍼센트)가 상승합니다.]

망치를 다시 휘둘렀다.

타앙, 타앙!

진행도가 오르고, 빠르게 방패의 모양이 잡혀나갔다. 진행도가 크게 오를수록 모양의 변화도 크다. 무혁이 상상하던 이미지가 조금씩 나타나기 시작하면서 더욱 집중력이 고조되었다.

좋아!

손에 절로 힘이 들어갔다.

타앙, 타앙!

그 순간 방패가 완성되었다.

[방패가 완성됩니다.]
['제작 스킬'의 레벨이 증가합니다.]
[칭호의 효과가 적용됩니다.]

떠오른 메시지에 절로 미소가 그려졌다. 제작 스킬이 5가된 까닭이었다.

좋아, 이제 옵션의 능력이 조금 더 오르겠어.

완성된 방패를 쥐어 이리저리 살폈다. 크게 보자면 삼각형을 이루고 있었는데 위쪽 좌, 우측이 악마의 뿔처럼 길게 위로 솟은 형태였다.

느낌이 좋은데?

곧바로 성능을 확인했다.

[악마의 방패]

방어력 13

충격 흡수 66%

체력 +3

추가 방어력 +5

내구도 210/210

사용 제한 : 체력 38

오랜만에 뜬 괜찮은 방패였다.

"오호······!"

최근 게임 내부에서 수입이 없었는데 그나마 괜찮은 걸 건진 기분이었다.

타앙, 타앙!

그 와중에도 성민우는 제작 중이었다. 확실히 무혁보다 느렸다. 그래도 힘 스탯이 낮지 않은 편이라 얼마 지나지 않아 작업이 끝이 났다.

"후아, 어때 보여?"

"모양은 괜찮네. 성능은?"

"확인해 봐야지."

딱히 기대어린 표정은 아니었다.

그런데.

"어……?"

성민우의 고개가 갸웃거렸다.

"왜?"

"아니, 이거. 잠깐만……."

상당히 놀란 표정이다. 그런데 그 당혹스러움 속에 깃든 희열이 느껴졌다.

아, 설마……

무혁이 손을 뻗었다.

"나도 좀 보자."

"어. 그, 그래."

아이템 확인.

떠오르는 홀로그램이 시야를 빼앗았다.

[환희의 방패]

방어력 11

충격 흡수 62%

힘 +2

추가 방어력 +3

내구도 180/180

역시 예상대로였다. 사용 제한이 없었던 것이다.

"이야, 계탔네."

"내가 잘못 본 거 아니지?"

"그래, 사용 제한 없어."

성민우가 그제야 환호를 내질렀다.

"우오오오오! 대박, 대박!"

한참을 방방 뛰다가 정색하며 물어왔다.

"얼마나 할까?"

"글쎄……."

무혁도 사실 방패의 시세는 잘 모른다.

"그래도 뭐 몇백 골드는 받겠지."

"크으, 그렇겠지? 지금 바로 경매장에 올릴까?"

무혁은 잠시 고민했다. 공개 경매가 나으려나? 분명 거기에 참가하는 이들이 돈이 많은 건 확실하다. 그런데 그 방패를 정말 필요로 하는 사람들이 올 것이냐에 대해서는 회의적이다. 차라리 모든 유저가 볼 수 있는 경매장 시스템이 더 나을 수도 있었다. 그 편이 내가 도와주기에도 편할 것 같고.

"72시간으로 올려봐."

"오케이!"

경매장에 물품을 등록한 성민우가 표정을 추슬렀다.

"후우."

흥분을 가라앉힌 것이다.

"자, 다시 집중해서 사냥해 볼까?"

"좋지."

두 사람은 이내 6층을 누비기 시작했다.

한동안 6층을 누비고 로그아웃을 한 무혁은 노트북을 켠 후 한글 프로그램을 열었다. 방송국에 보낼 정보를 작성하기 위함이었다. 1층에서 2층으로 향하는 길은 간략하게 지도 형식으로 그려 넣었다. 이후 몬스터에 대한 공략법을 작성했다.

[내용 : 첫 번째, 2층 몬스터 광견은 생고기로 유인을……

두 번째, 3층 몬스터 대왕벌의 경우 놈이 쏘는 침을 맞은 후에……

세 번째, 4층 몬스터 흡혈귀는 비생명체에게 약합니다. 예를 들자면 스켈레톤을 소환하는 네크로맨서나 정령을 소환하는 정령사 같은 직업이 아주 유리하다고 볼 수……]

작성을 마치고 곧바로 메일을 보냈다. 이제 방송일에 맞춰 팁 게시판이나 자유 게시판에 글을 올리면 된다.

어디에 올릴까.

팁 게시판에 있는 무혁의 글은 순위가 하나씩 떨어져서 2, 3위를 차지하고 있었다. 1위는 다른 방송국에서 집중적으로 조명 하고 있는 유니크 던전에 관한 것이었다. 팁 게시판에 올리면 1위 자리를 차지할 수 있을 것 같긴 했지만 군이 위험을 감수할 필요는 없었다. 팁 게시판보다 조회 수가 확연하게 떨어지는 자유 게시판이 있었으니까.

어차피 비율은 같다.

조회 수 1당 2원.

자유 게시판이 좋겠지. 얼추 결정을 내린 후 노트북을 껐다.

드드드.

마침 휴대폰이 울렸다.

-여, 준비는?

"다했어. 이제 출발할 거야."

거짓말을 하며 그제야 나갈 준비를 했다.

-30분 뒤다. 알지?

"그래."

전화를 끊고 대충 옷을 갈아입은 다음 집을 나섰다.

오랜만이네.

성민우와 만나 삼겹살에 소주 한 잔을 걸치기로 약속한 탓이다. 아무튼 간만에 밤공기를 쐬어서 기분이 좋기는 했다. 가을이 끝나가는 시점이라 바람이 조금 차갑기는 했지만 옷을 여미니 쌀쌀함이 시원함으로 변했다……

좋네.

느긋하게 움직여 지하철을 탔다. 홍대에서 내린 후 1번 출구로 나가니 성민우가 기다리고 있었다.

"여기!"

"언제 왔냐?"

"방금. 추우니까 얼른 가자."

"어디가 맛있지?"

"내가 잘 아는 곳 있어."

성민우야 워낙 대인관계가 좋은 녀석이니까.

무혁은 고개를 끄덕이며 따라갔다.

"여기야."

허름한 건물이었으나 손님으로 가득 찬 식당이었다.

지글거리는 소리, 거기에 돼지고기 특유의 향이 날아들면서 무혁을 유혹했다.

"흐음, 냄새 좋네."

"그치? 여기 맛이 최고라니까."

안으로 들어가니 공기가 따뜻했다. 식당 주인도 반갑게 성민우를 반겼다.

"아이고, 오랜만이네. 총각."

"안녕하셨어요?"

"그려, 그려. 왜 이렇게 오랜만이야?"

"뭐, 바쁘다 보니까요. 오늘은 친구랑 왔으니까 서비스 팍팍 주세요."

"줘야지, 그럼. 일단 앉어."

"네!"

자리를 잡고 앉아 2인 고기 세트를 주문했다.

"얼마나 맛있기에 그러나 한번 보자."

"기대하라고."

곧이어 삼겹살과 목살 그리고 염통이 함께 나왔는데 양도 많고 고기의 질도 아주 좋았다.

"어때, 죽이지?"

"일단 먹어보자고."

삼겹살을 바짝 구워 한 입 먹어봤다.

오……!

확실히 고기가 좋았다.

돼지 특유의 향이 아주 고급스럽게 퍼지면서 육즙이 팍 하고 터지는데 바삭한 껍질과 그 속의 부드러운 육질이 입안을 가득 채워 절로 미소를 짓게 만들었다. 거기에 소주 한 잔을 들이켜니 인생의 쓴 맛이 목구멍을 타고 내려가는 기분이었다.

"크으, 좋다."

한 잔, 그리고 한 점.

두 잔, 그리고 두 점.

소주와 고기를 먹으면서 분위기에 취했다. 조금씩 일상을 말하기 시작한다.

이런저런 말들 속에 자연스럽게 걱정거리도 쏟아냈다.

"하아, 나도 문제다."

"어떤 거?"

"아버지한테 말씀을 드려야 하거든."

"회사 그만둔 거 아직도 말 안 했냐?"

"어."

"허얼, 큰일이네."

"그러게. 어떻게 말하지?"

성민우다 진지하게 고민했다.

"으흠, 일단 능력을 보여주면 괜찮지 않겠어?"

"능력?"

"그래, 회사는 그만뒀지만 그때보다 더 잘살고 있다. 뭐 그런 거?"

"흐음, 괜찮은데?"

"그치?"

"어, 근데 어떻게 보여주지?"

"간단하지."

무혁이 성민우의 이어질 말을 기다렸다.

"자동차."

"음……?"

"야, 솔직히 남자가 잘나가는지 아닌지 바로 확인할 수 있는 게 차 아니냐? 진짜 좋은 차 한 대 사서 끌고 다니면 너네 아버지가 무슨 말을 하겠어? 이미 이렇게 잘 살고 있는데."

자동차라. 좀 어이없는 말이긴 했다. 그런데 우습게도 자신의 일이 되니 그냥 넘길 수가 없었다.

"어차피 차는 필요 하고, 그럼 기왕 살 거 좋은 걸로 사는 거지."

"으음."

"잘 생각해 봐."

여기서 더 설득을 했더라면 오히려 반감이 들었을 것이다. 그런데 절묘하게도 성민우는 거기서 이야기를 끊어버렸다. 그렇게 되니 오히려 애가 타는 건 무혁이 되었다.

그럴듯한데. 정말 혹하는 마음까지 들었다.

먹고 또 마시고, 몇 시간을 그렇게 달렸을까.

식당이 문을 닫는다는 소리에 값을 치르고 밖으로 나왔다.

비틀거리며 걸었다.

"크으, 그래. 사자, 사!"

"갑자기 뭘 사?"

"차, 좋은 차!"

무혁이 크게 외쳤다.

"사서 당당하게 밝혀야지!"

"진작 그럴 것이지!"

거기서 필름이 끊겼다.

이틀 후.

김민호 PD로부터 문자가 와 있었다.

[전화를 안 받으셔서 문자 남깁니다. 녹화를 마치고 보니 아무래도 분량이 너무 많아서 한 화에 전부 넣을 수가 없더군요. 그래서 2화로 나눠서 붉은 탑 공략에 대해 방영하기로 결정을 내렸습니다. 그러니까 오늘 저녁 2층까지의 공략법만 올려주시면 고맙겠습니다.]

어차피 무혁에게는 손해가 아니었다.

뭐, 나야 좋지.

휴대폰을 옆으로 밀어 넣고 TV를 틀었다.

일루전의 세계가 마침 시작되었다.

같은 시각.

일루전 홈페이지가 난리가 났다.

[제목 : 대박, 일루전의 세계 보세요!]

[제목 : 일루전의 세계에서 붉은 탑 공략법 준비했다는데요!]

[제목 : 붉은 탑 공략법 등장?]

[제목 : 저 지금 일루전의 세계, 보러 갑니다.]

[제목 : 진짜인가? 아니면 낚으려는 건가?]

[제목 : 낚시겠죠?]

[제목 : 궁금하네요, 과연. 정말로 공략이 나온 것인가!]

[제목 : 확인하러 가야 할 듯.]

일루전 홈페이지를 보던 사람 대부분이 TV를 틀었다.

무혁 역시 시청하고 있었다.

7시 30분이 조금 더 지났을 즈음.

-자, 계속해서 붉은 탑에 관해 이야기를 하고 있는데요. 저희도 제보 받은 공략법이 진짜인지 너무너무 궁금해서 직접 확인을 해봤답니다.

드디어 이야기가 본격적으로 진행이 되었다.

-지금 그 현장으로 가 보실까요?

화면이 바뀌더니 유저들이 나왔다. 붉은 탑의 앞이었다.

-그럼 진입하겠습니다.

유라를 선두로 1층에 들어섰다.

길이 너무 어려워서 많은 유저가 포기했던 그곳을 MC 유라는 너무나도 쉽게 거닐고 있었다. 중간중간 편집된 부분이 있어서 방송시간과 실제 시간의 흐름은 달랐지만, 얼마나 시간이 걸렸는지는 정확하게 나왔기에 시청하는 사람들 모두가 놀랄 수밖에 없었다.

-와, 여기서 10시간 이상을 헤맨 유저도 있다고 들었거든요. 그런데 제보를 해준 유저의 지도를 보면서 움직이니까 1시간 정도밖에 안 걸리네요?

숨겨진 공간까지 밝혀냈다.
거기다 2층 몬스터 광견까지 너무나 쉽게 처리했다.

-생고기를 주니까 정말 쉽네요.

그 모습을 보는 시청자들은 난리가 났다.

[제목 : 엄청 쉽네? 나도 사냥 가능할 듯?]
[제목 : 미친, 장난? 생고기로 유인할 수 있는 거였어?]
[제목 : 저 지금 붉은 탑, 들어갑니다!]

홈페이지의 접속자 수가 폭증했다.
그때 붉은 탑 공략법 게시물이 홈페이지에 올라왔다.

[내용 : 제가 일루전의 세계에 제보한 사람입니다. 일단 붉은 탑 2층에 오르는 지도를 파일로 첨부했습니다. 그리고⋯⋯.]

아이디가 K.Mu였다.

팁 게시판 2, 3위를 차지하고 있는 그 작성자였던 것이다.

[제목 : 지금 K.Mu 작성자가 글 올렸어요!]

[내용 : 1레벨 히든 퀘스트를 찾아낸 작성자예요. 붉은 탑 2층으로 오르는 지도도 있네요. 아무튼 참고하세요.]

[제목 : 붉은 탑, 지도 발견!]

[내용 : 팁 게시판에 첨부 파일로 지도 올라옴!]

무혁이 올린 게시물에 대한 것도 올라왔는데 덕분에 조회 수가 빠르게 증가했다. 그 수치를 바라보며 생각에 잠겼다. 술에 취해 떠들었던 성민우와의 대화가 떠올랐다.

능력을 보여주라는 말.

'그래, 정보는 많아.'

일루전의 미래를 알고 있다. 모든 것을 알지는 지금 알고 있는 정보만으로도 어마어마한 돈이 된다. 게다가 무혁은 조금 아는 것도 아니었다. 정말로 많은 것을 알고 있었다. 지금처럼 하나씩만 풀어도 엄청난 액수가 매달 들어올 것이다. 그러니 이제는 만 원에 벌벌 떠는 생활을 그만 청산해도 좋지 않을까?

그러고 싶다. 그래서 아버지와 가족들에게 달라진 모습을 보여주고 싶었다.

제3장
정보의 힘

붉은 탑.

처음에는 100명이 들어와서 마음이 든든했다. 모두가 길드의 정예들이었기에 클리어를 당연히 여겼다. 그런데 3층과 4층에서 한두 명씩 길드원들을 잃었다.

문제는 5층이었다. 이곳이야말로 진정한 난관이었다. 처음 스몰 오우거와 전투를 치르면서 무려 일곱 명이 죽어버린 것이다.

첫 전투 이후로 극도의 긴장감을 유지한 채 놈과 싸웠으나 그럼에도 불구하고 전투 중 실수가 발생할 때마다 한 명씩은 목숨을 잃었다. 그 탓에 현재 겨우 81명만이 남게 된 상태였다. 인원수가 줄어드니 전투는 더 힘들어졌다.

"도대체 이게 뭔 꼴이냐?"

1조의 장을 맡은 금손이 투덜거렸다.

가디언 길드.

무려 포르마 대륙의 5대 길드가 아니던가.

"다크니스 길드에 이어서 5층에 진입했는데 말이지."

"누가 그걸 모르냐."

2조장 부르스가 대꾸했다.

"조금만 더 힘을 내면 7층 클리어도 가능할 텐데……."

"문제는 속도가 안 난다는 거지."

스몰 오우거에게 발이 묶여버린 것이다.

그래도 별수 있는가.

진격할 수밖에.

그때, 뒤늦게 접속한 누군가가 호들갑을 떨면서 길드장, 김바다에게 다가갔다.

"기, 길드장님!"

"왜 그래?"

"지, 지금 난리 났어요!"

"난리? 무슨 소리야?"

"그, 그러니까……."

저녁을 먹고 접속한 길드원이 허둥지둥거렸다. 그 모습이 마음에 들지 않는지 김바다가 미간을 찌푸렸고, 그제야 길드원은 호흡을 가다듬으며 상황을 일목요연하게 설명했다.

"일루전의 세계에서 붉은 탑 공략법을 들고 나왔다고요!"

주변에 있던 길드원이 모였다.

"붉은 탑, 공략법?"

누군가의 중얼거림이었다. 뒤늦게 정신을 차린 김바다가 확인을 지시했다. 그 역시 게임에서 나가 직접 확인했다. 다시 접속했을 땐, 길드원들 모두가 침묵을 할 수밖에 없었다.

"크흠, 그래도 다음 주까지 연장이 되긴 했으니……."

"연장이 되면 뭐 해? 어차피 다음 주면 다 들통이 날 텐데!"

"그래 봤자 4층이잖아."

"4층 다음에 우리가 있는 5층이야!"

"그러니까 다음 주가 되기 전에 6층에 진입해야지."

"그게 가능하다고 보냐?"

"그럼 어쩌라고!"

"야, 야. 다들 됐어. 진정해."

분위기가 단번에 가라앉았다.

침통하다고 해야 할까.

"하아, 진짜 어이없네. 우리는 그렇게나 고생해서 올라왔는데 이제 올라올 녀석들은 공략법 보면서 아주 편하게 온다 이거지?"

그때, 가만히 듣기만 하던 김바다가 입을 열었다.

"그 새끼, 누구야?"

깊은 분노가 내재된 목소리였다.

이내 터져 버리고 만다.

"도대체 누구냐고!"

그 괴성에 누구도 대답하지 못했다.
왜냐하면 K.Mu의 정체를 아는 자가 아무도 없었으니까.

8시에 가까워진 시각.
일루전의 세계는 아직 방송 중이었다.

-자 , 이제 3층으로 올라가 볼까요?

2층을 지나 3층에 올랐을 때의 반응은 더욱 폭발적이었다.
제 3층 몬스터를 잡나?
공략법이 등장하는 것인가? 기대하는 그 순간.

-여러분, 죄송해요!

MC 유라가 갑자기 고개를 숙이며 사과했다.

-벌써 시간이 이렇게 되었네요. 오늘은 여기까지만 할게요!
3층과 4층에 대해서는 다음 주에 공개될 예정이니 그때 꼭 본
방 사수해 주세요!

그 말과 함께 화면이 전환되었다.

-아쉽겠지만 다음 주에 뵐게요! 지금까지 MC 우현.

-MC 유라였습니다!

방송이 종료된 이후.

인터넷에 한바탕 폭풍이 휘몰아쳤다.

무혁이 알린 정보를 접하는 순간 일반적인 유저라면 어떤 생각이 들까.

공략을 참고하면 나도 탑을 클리어할 수 있지 않을까. 아니, 그게 아니더라도 높은 레벨의 몬스터를 사냥할 수 있으니 빠른 성장이 가능하지 않을까.

그런 마음이 들 수밖에 없으리라.

그 탓에 엄청난 수의 유저가 위브라 제국으로 왔다. 그리고 팀을 꾸려 붉은 탑에 도전했다. 5층에 오른 랭커들이 열이 받아 괴성을 지를 때 새롭게 도전한 유저들은 아주 편안하게 2층에 올랐다. 그러곤 공략법을 토대로 사냥을 이어 나갔다.

"크으, 우리가 60레벨 몬스터를 사냥할 줄이야."

"경험치 끝내준다, 진짜."

"더럽게 안 죽어도 좋다!"

그러는 와중에도 성민우와 무혁은 6층을 누볐다. 속도를 높혀 끝까지 밀어붙인 후 다시 되돌아가면서 리젠된 샌드맨을 처치했다. 5층으로 내려가는 출구에 도착한 후 다시 7층으로 오르는 입구로 나아갔다. 그렇게 무한히 반복하면서 사냥, 사냥. 그리고 또 사냥을 이어 나갔다.

"근데 언제 다시 도전할 거야?"

"랭커들이 6층에 오르면."

"6층?"

"응."

"흐음, 언제 오르려나."

"글쎄. 스몰 오우거가 워낙에 강해서."

"1주일은 걸리려나?"

"그 이상?"

"근데 우리가 보스 이길 거라는 보장이 없잖아."

"그렇지."

"어떻게 하게?"

무혁이 미소를 그렸다.

"다 방법이 있지."

"뭔데?"

"방송국 도움 좀 받기로 했어."

"어? 방송국?"

"응, 5일 뒤에 방송국 사람들이랑 같이 클리어하기로 했거든. 아무리 생각해 봐도 우리 둘만으로는 무리일 것 같아서."

"으음, 그렇지."

"공략법 알려주면 거기서 알아서 7층까지 데려다줄 거야. 7층 보스 몬스터 체력도 좀 빼주겠지. 우린 그때 나서면 돼."

성민우가 고개를 갸웃거렸다.

"왜 굳이 그때 나서는데?"

"방송 타고 싶어?"

방송을 탄다? 성민우가 즐거운 듯 웃었다.

"타면 좋지. 나쁠 거 있냐?"

"솔직히 붉은 탑이 쉬운 곳도 아니고. 랭커들도 고전하고 있는데 우리가 활약을 해봐. 당연히 관심을 받을 수밖에 없어. 물론 투구로 얼굴을 가리겠지만 어쩌면 방송 이후에 정체가 알려질지도 모르고."

"정체가?"

"그래, 네티즌들 우습게 보면 안 되는 거 알지?"

"으음, 알지."

확실히 우리나라의 네티즌은 대단하다.

오죽하면 수사대란 말이 붙을까.

"혹시라도 우릴 알아보는 사람이 생기면? 우리가 뭘 잡는지 또 어디를 가는지 사람들에게 계속 노출이 될 거야. 그럼 우리가 지금까지처럼 마음 놓고 던전을 찾고 또 들어가고, 그럴 수 있을 것 같아?"

"아……."

"우린 더 성장해야 할 때야. 적어도 1만 랭킹에라도 들었다면 이야기가 달랐겠지만, 아직은 아니잖아."

"그렇지."

성민우가 고개를 끄덕였다.

"확실히 귀찮아질 순 있겠네."

"내 말이."

"흐음, 그래서 뒤에 있다가 영상 녹화가 안 되는 타이밍에 뿅 하고 나타나서 처리하자?"

"바로 그거지."

성민우가 수긍을 했다.

"뭐, 난 어떤 거라도 상관없어."

"그럼 내 말대로 하자."

"오케이."

이번 주에 방송으로 4층까지의 공략법이 나올 때쯤, 무혁은 방송국 사람들과 함께 5층에 진입해 있을 것이다. 이후 1주일 정도가 더 지나면 6층을 누비고 있을 것이고, 또 한 번 방송을 할 시기가 오면 그때, 5층과 6층 몬스터의 특성과 알고 있는 공략법을 밝히면 된다. 무혁은 타이밍에 맞춰 또 한 번 게시물을 올려 최대한의 이익을 뽑아먹을 생각이었다.

그다음은 7층 보스 몬스터를 사냥하리라. 계획은 이미 다 세워두었고, 그때까지 1레벨 이상은 올릴 생각이었다.

"다시 사냥 가자고."

"그래야지. 웃차."
천천히 몸을 일으켰다.

다음 날.
계약금과 함께 인센티브가 입금이 되었다.

[Web 발신]
농협 입금 12,000,000원
11/10 17:55 356-xxxx-84xx-xx
일루전의 세계
잔액 17,902,116원

먼저 계약금.
이후 인센티브가 들어왔다.

[Web 발신]
농협 입금 17,865,232원
11/10 17:55 356-xxxx-84xx-xx
일루전의 세계
잔액 35,767,348원

0.1퍼센트마다 90만 원.

그러니까 입금된 금액만 보고서도 대략 2퍼센트 정도가 올랐음을 알 수 있었다.

"후아."

잔액이 무려 3,600만 원이었다. 다음 주에 입금 될 금액을 상상하며, 그 기대로 가슴이 두근거렸다.

이게 돈 버는 맛인가?

무혁은 고민하다가 성민우에게 전화를 걸었다.

"어, 뭐 하냐?"

-밥 먹을라고.

"좀 보자."

-왜?

"차 좀 보려고. 내가 잘 모르잖아. 괜찮은 거 구하면 내가 맛있는 거 사줄게."

-헐, 진짜?

"그래, 진짜."

-오케이! 지금 간다! 기다려!

무혁도 나갈 준비를 했다. 씻고, 옷을 갈아입고, 나갈 준비를 하는데 문자가 왔다.

[어디?]

답장을 보냈다.

[공원 알지?]

[ㅇㅇ]

[거기로.]

[ㅇㅋ]

정말 심플한 문자였다. 휴대폰을 주머니에 넣은 후 집을 나섰다. 3분이 지나지 않아 목적지인 공원에 도착했고 마침 걸어오는 성민우를 발견했다.

"여기."

"크으, 대박이다. 드디어 결정을 한 거냐?"

"그래. 결정했다, 인마."

"좋아, 좋아. 마음 바뀌기 전에 가자고!"

길을 걸으며 차종에 대한 이야기를 나눴다.

"가격대는?"

"뭐, 리스 생각 중이라서."

"흐음. 그때 말 듣고 나도 리스에 대해서 좀 알아봤거든. 내가 차는 빠삭한데 리스는 몰라서 말이야. 알아보니까 상당히 괜찮더라."

"그렇지."

"리스면 고급 세단도 충분히 감당이 되겠던데?"

"나도 기왕에 마음먹은 거 좋은 차로 구입하려고."

"잘 생각했어. 그러면 일단⋯⋯."

BMW.

그중에서도 5시리즈나 조금 무리한다면 BMW 7시리즈까지. BMW 5시리즈는 대충 보증금 20퍼센트에 월 리스비가 100만 원 정도였고, BMW 7시리즈는 보증금 20퍼센트에 월 300만 원 이상이었다.

일루전을 플레이한 8개월 동안 번 돈이 대략 9천만 원이었다. 평균으로 내도 매달 1천만 원 이상을 벌었지만 그럼에도 월 300은 확실히 부담이 되었다.

"흐음, 그러면⋯⋯."

몇 가지 브랜드가 더 나왔다.

아우디. 벤츠.

아우디는 A6이나 A7.

"벤츠 S클래스는⋯⋯."

"무리고."

"그렇지. 무난하게 BMW 5시리즈나 벤츠 E클래스, 그리고 아우디 A7 정도?"

"그 정도면 괜찮겠지?"

"당연하지! 전부 1억 정도야, 인마!"

"좋아, 지르자!"

곧바로 매장을 검색해서 하나씩 돌아다녔다.

먼저 아우디는 차량은 예뻤는데 리스 비용이 생각보다 커서 일단 패스하고 벤츠 매장으로 갔다.

벤츠는 다 좋았지만 매장 서비스가 후져서 패스.

마지막으로 BMW 매장을 찾았다.

"어서 오십시오!"

친절도는 통과.

일단 친절해야 뭐라도 하나 더 받는 기분이었고 또 대우받는 느낌이 들지 않겠는가. 차에 대한 설명도 다른 매장보다 상세했다.

"솔직히 BMW 6시리즈 쿠페나 컨버터블이 30대에게 가장 인기가 좋습니다. 그런데 아무래도 두 명 이상이 탑승하기엔 어려운 점이 있죠. 조금 더 넓고 안정감 있는 차를 원하신다면 5시리즈가 적당하죠."

좀 더 비싼 차를 팔려고 하지도 않았다. 여러 면에서 신뢰가 갔다. 결국 가격 상담까지 받았다.

"보증금을 20퍼센트를 하시면 36개월에 한 달 리스 비용이……."

가격도 적당했다. 옆에 있던 성민우도 고개를 끄덕였다.

"좋은데?"

"그래?"

아주 잠깐 고민이 되었지만 이내 결정을 내렸다.

"계약하죠."

"잘 생각하셨습니다."

그 자리에서 계약을 마쳤다.

"출고가 되면 바로 연락드리겠습니다."

"네."

매장에서 나온 두 사람은 저녁을 먹기 위해 근처 맛집을 검색했다. 식당으로 이동하면서 이런저런 대화를 나눴다.

"참, 환희의 방패는?"

"아, 그거. 잘 팔렸어."

"무려 700골드!"

"호오, 그래?"

"대박이지? 크으, 한 번에 700만 원을 벌었다는 거 아니냐."

확실히 상당한 금액이었다.

"더 많이 벌어서 나도 너처럼 차나 바꿔야지."

"그래."

원대한 목표를 세우며 소주 한 잔을 들이켰다.

MC 유라가 인사했다.

-1주일이 정말 빨리도 지나갔네요. 그렇죠?

-하하, 그런가요? 시청자분들은 기다리느라 엄청 지루했을 것 같은데요.

-그 지루함을 충분히 보상해 드릴게요! 먼저 화면을 보기 전에 말씀을 드릴 게 있는데요. 전에는 저희가 3층까지 올라갔었잖아요.

-그렇죠?

-사냥을 이어가다 보니 인원이 부족해서 무리가 있는 부분이 있더라고요. 그래서 이번에는 인원을 보충해서 딱 19명까지만 맞췄답니다. 20명이 되면 몬스터의 개체가 늘어나거든요. 그래서 1층부터 다시 탑을 올랐답니다. 저희가 과연 어디까지 올라갔을지 궁금하지 않으세요?

옆에 있던 우현이 끼어들었다.

-물론 2층까지의 내용은 생략 할 거죠?

-생략해야죠.

-그렇다면야 당연히 궁금하죠!

-좋아요. 그럼 바로 3층으로 올라가 볼까요?

화면이 전환되고, 탑 공략을 준비하는 유저들이 보였다.
유저들 사이에 성민우와 무혁이 있었다.

뒤쪽에 위치한 무혁을 한 번 힐끔거린 유라가 걸음을 옮겨 가장 선두에 섰다.

"자, 가 보자고요."

현재 그녀의 레벨은 67로 무혁보다 3레벨이 높은 상태였고 현재 랭킹 1위, 다크와 비교한다면 겨우 6레벨 뒤처지는 수준이었다. 다크의 현재 레벨은 73이었다.

쉽게 말해서 1만 랭커에 들지는 못하지만 10만 랭커에는 충분히 들고도 남는다는 소리다. 전 세계 10억 명의 유저가 즐기는 일루전이니 거기서 10만이면 무려 0.01퍼센트에 속하는 최상위권이었다. 방송을 하면서도 이 정도로 키웠다는 건 정말 그 노력이 대단하다는 소리였다.

유라의 뒤를 따르는 유저들은 마법사, 궁수, 사제, 무투가, 네크로맨서 등 각종 직업이 고루 분포한 상태였고 그들의 레벨 역시 최소가 65로 하나같이 쟁쟁한 실력을 지니고 있었다.

저벅.

조심스레 이동하기를 몇 분.

위이이잉.

드디어 벌이 내는 특유의 소리가 들려왔다.

"다들 준비하시구요."

유라가 검과 방패를 지닌 채 나섰다. 외모와는 달리 기사를 택한 그녀는 생각보다 강력한 분위기를 풍기며 자세를 취했다.

"와요!"

외치며 나아가는 모습.

징그럽고 두려울 법도 했건만 그녀는 한 치의 망설임도 없었다. 가장 선두에서 적을 마주한다. 대왕벌이 주변을 배회함에도 긴장하지 않았다.

화악.

침에 꽂히면서 마비가 왔고 그 마비가 풀리는 순간 곧바로 지면을 찼다. 거칠면서도 유려하게 움직이더니 침을 뽑으며 대왕벌에게 몸을 던졌다. 정확한 타이밍에 맞춰 침을 휘둘렀고 그것은 명확하게 대왕벌에게 꽂혔다.

"후우."

한 번의 호흡과 함께 검을 휘둘렀다. 검광이 아름다운 곡선을 그린다.

서걱.

잘려 나간 벌의 날개.

그 이후로는 아주 순조로웠다.

흐음······

뒤에서 지켜보던 무혁조차 그녀의 모습에 시선이 고정될 정도였다.

"와, 진짜 끝내준다."

성민우도 탄성을 내뱉었다. 인정하지 않을 수 없었다. 그녀는 분명히 아름다웠으며 전투는 멋졌다.

"마무리할게요!"

유라와 함께 온 유저들이 움직였다. 빠르고 간결한 움직임, 하지만 정확했다.

호흡이 좋네.

그 순간 유라가 동작을 멈췄다.

"끝났죠?"

"네, 끝났네요."

"와, 진짜 쉬운데요?"

"그러네요. 경험치도 상당하고."

물론 침에 맞을 경우 마비가 오고, 또 침을 맞히지 못하면 상황이 난감해지기 때문에 그 부분에는 신경을 써야 했지만, 날개를 자르는 것에 성공만 하면 대왕벌은 정말 너무나 허접한 몬스터로 전락했다.

"쉴 필요도 없겠죠?"

"그러네요. 바로 갑시다."

"좋아요. 출발!"

유라가 또다시 앞장을 섰다.

위이이이잉.

나아가니 대왕벌 두 마리가 나타났고 이번에도 유라와 그 팀원들은 여유롭게 몬스터를 상대했다. 물론 무혁과 성민우는 뒤쪽에서 구경만 했다.

"하아압!"

아무튼 그렇게 몇 번의 사냥이 이어지고.

"좀 쉴게요. 영상 녹화도 꺼주세요."

유라의 말에 다들 고개를 끄덕였다. 모두 자리를 잡고 앉아 휴식을 취하는 와중에 유라 혼자만 움직였다.

저벅.

그러곤 무혁의 앞에서 멈췄다.

투구를 벗은 그녀가 퉁명한 목소리를 내뱉었다.

"저기요."

옆에 있던 성민우가 몸을 일으켰다.

"아이고, 유라 씨가 여기는 왜……?"

"옆에 앉아 있는 친구분이랑 할 이야기가 조금 있어서요."

"아아. 무혁아, 부르시잖냐."

"그 극존칭은 뭐냐?"

"크흠, 아무튼!"

무혁이 한숨과 함께 고개를 들었다.

"왜요?"

"전투에 왜 참가 안 하세요?"

"분명히 사전에 말했는데요."

"아니, 아무리 우리보다 약하다고 해도 도울 순 있잖아요. 끝까지 뒤에서 계속 구경만 하실 생각이에요?"

"방해만 될 거예요."

유라가 미간을 찌푸렸다.

"거저 드시겠다?"

"정보 제공자의 권리죠."

"……."

딱히 할 말이 없었다. 분명 이렇게 쉽게 탑을 오르는 건 모두 무혁의 정보 덕분이었다.

"내 덕에 경험치도 빠르게 올리고, 좋잖아요?"

"균등 분배라 그쪽도 오르잖아요!"

"그 역시 정보 제공자의 권리죠."

대화를 나눌수록 얼굴이 붉어지는 유라였다. 열이 받는지 코가 꿈틀거리고 손가락도 꼼지락거리는 게 영 분위기가 심상치 않았다.

"당신, 진짜 최악이야."

그 말을 남기고 휙 하니 돌아서 버리는 유라였다.

그녀가 멀어지자 성민우가 말했다.

"화내는 것도 겁나 예쁘다. 미쳤네, 진짜."

"너야말로 미친 듯."

"와아, 근데 너도 대단하다."

"뭐가?"

"어떻게 저런 여신 앞에서 그렇게 뻗댈 수가 있냐?"

"그러게."

스스로도 이런 변화가 놀라웠다.

그러나 어쩌겠는가. 이젠 예전처럼 어깨가 움츠러들지 않는데. 그리고 지금이 예전의 그 초라했던 모습보다 훨씬 더 좋왔다.

●

다시 화면이 바뀌었다.

-시간 관계상 4층까지만 진행이 되었는데요. 다음 주에는 5층과 6층을 공략하는 모습도 보여드릴 예정이랍니다!

물론 이 역시 무혁이 정보를 제공했기 때문에 가능한 일이었다. 현재 다크니스 길드나 가디언 길드가 6층에 진입한 상태였기에 이제 모든 정보를 제공하고 이득을 취한 뒤, 유라와 그일행들의 도움을 받아 7층을 클리어하기로 했다.

-그럼 다음 주에 뵐게요!

무혁은 TV를 껐다.
지난주, 11월 9일에 방송된 인센티브를 10일에 받았으니 내일이 되면 오늘 방송의 시청률에 따라 인센티브를 지급받으리라.
그뿐인가. 내일은 한 달간 쌓였던 기존 게시물의 조회 수와 1주일 전, 그리고 오늘 새롭게 올린 게시물 조회 수에 따른 금액을 일루전으로부터 받는 날이기도 했다.

얼마가 들어오려나.

기분 좋은 상상에 빠져 있는데 문자가 왔다.

[5분 안으로 접속해 주세요.]

발신자는 유라였다.

쩝. 혀를 한번 찬 후 일루전에 접속했다.

[일루전의 세계에 오신 것을 환영합니다.]

기계음을 뒤로한 채 성민우에게 다가갔다.

"방송은 봤냐?"

"그럼. 우리야 안 나왔지만."

대답을 한 성민우가 크큭거리며 웃었다. 그러곤 조용하게 속삭였다.

"그래도 꿀 빠니까 좋긴 하다."

사냥에 참여하지 않아도 균등 분배로 인해서 경험치를 상당히 먹고 있었다.

"실컷 쉬자고."

"그래야지."

어차피 7층에서 죽어라 고생해야 할 테니까.

그때 유라가 입을 열었다.

"다들 집중해 주세요."

모두의 고개가 그녀에게로 향한다.

"방송에는 4층까지 나갔지만 우리는 현재 5층에 진입한 상태에요. 지금까지의 속도라면 1주일이 지나기 전에 7층에 오를 수 있을지도 몰라요."

그녀의 말을 속으로 부정하며 생각했다.

글쎄, 5층 몬스터는 스몰 오우거다. 녀석은 정말, 정말로 강하다.

"그러면 우리가 최초로 보스에게 도전하는 팀이 되는 거죠!"

그 말에는 어색하게 웃었다.

"그러니까 클리어까지 힘을 내길 바랄게요. 그런 의미로 오늘은 딱 2시간만 더 사냥을 이어가도록 해요. 괜찮죠?"

웃으며 말하는 누가 거절하랴.

"괜찮아."

"그럼, 괜찮고말고."

다들 흔쾌 수락을 했다.

"좋아요. 그럼 출발해요."

다시 투구를 쓴 유라.

그 모습에 성민우가 안타까워했다.

"크, 저 예쁜 얼굴을 가리다니."

"가서 벗겨."

"그런 저질스러운 농담을……."

성민우와 무혁은 장난을 치며 가장 후미에서 유저들을 쫓아갔다.

숙덕거리는 소리를 들은 것일까. 선두에 있던 유라가 고개를 휙 하고 돌리며 후방을 날카롭게 쨰려보고서야 두 사람은 입을 다물었다.

저벅.

침묵 속에서의 전진은 길지 않았다.

크르르.

몬스터 특유의 소리가 들려온 것이다. 저 멀리 있던 형체와 천천히 거리를 좁혀 나갔다. 가까이서 본 스몰 오우거는 정말로 작았다. 몬스터의 겉모습이 만만하면 누구나 자연스럽게 얕보게 된다. 그것은 유라도 다르지 않았다.

"진짜로 작네요."

"흐음, 쉽겠는데?"

무투가가 앞으로 나서며 손을 풀었다.

"잠깐……."

"걱정 말라고."

웃으며 앞으로 나아간 무투가가 공격을 시작했다.

파밧.

지면을 강하게 차며 빠르게 거리를 좁힌 후 스몰 오우거를 향해 다리를 휘둘렀다. 그 속도가 어마어마하게 빨랐고 또 스몰 오우거는 무투가의 움직임에 반응조차 하지 못하고 있었기에 유라도 그냥 지켜보기로 했다.

약한 것 같은데…….

무혁에게도 들었던 이야기와는 조금 달랐다.

그 순간이었다.

퍼억!

둔중한 타격음이 들려왔다.

아, 공격이 성공했……!

하지만 유라는 더 이상 생각을 이어가지 못했다. 분명히 스몰 오우거는 공격을 받은 상태였다. 그런데 아무런 타격도 입지 않은 모습이었다. 가만히 고개를 갸웃거리더니 손을 뻗어 무투가의 얼굴을 쥐었다.

"흐읍!"

단순한 행동이었지만 피할 수가 없었다. 속도가 달랐던 것이다.

"뭐, 뭐야……!"

무투가가 버둥거리며 손과 발을 마구잡이로 휘둘렀다. 키가 훨씬 작은 오우거였기에 그런 무차별적으로 공격은 소용이 없었다.

크워어어!

뒤늦게 포효하며 왼 주먹을 휘두르는 스몰 오우거였다.

콰아앙!

한 번의 주먹질에 무투가의 몸이 허공으로 떠올랐다. 하지만 스몰 오우거가 얼굴을 쥐고 놓지 않은 탓에 멀어질 수가 없었다.

하늘로 솟구쳤던 몸이 떨어지는 순간, 또다시 오우거의 주먹이 복부에 꽂혔다.

콰아아앙!

무투가의 동공이 커졌다.

대, 대미지가……!

말도 안 되는 수준이었다.

"히, 힐링부터!"

"힐!"

그제야 정신을 차린 동료들이 서둘러 각자의 몫을 하기 시작했다.

"놈을 처리할게요!"

유라가 서둘러 지휘를 시작하자 혼란스럽던 장내가 진정이 되었고 모두들 스몰 오우거를 사냥하기 위해 심력을 기울였다. 언제나처럼 선두에 선 유라가 검과 방패를 휘두르며 상황에 맞게 스킬을 사용했다.

"하앗!"

갑옷은 그녀의 아름다움을 완전히 가려주지 못했고, 은빛의 갑옷 틈새로 어렴풋이 그녀의 몸매가 머릿속에 그려졌다.

"다들 물러서요!"

근접 유저가 뒤로 빠지는 순간 화려한 몸매의 소유자, 유라가 검을 바닥에 꽂았다. 기합성과 함께 검을 위로 그어 올리자 바닥이 갈라지며 각종 돌들이 허공으로 솟구쳤다. 방패로 그것들을 밀어내는 것과 동시에 몸을 한 바퀴 회전시키며 손에 들린 방패를 부메랑처럼 던졌다.

그 순간, 유라의 몸이 빛났다.

스킬을 사용한 것이다.

갑자기 움직임이 빨라지더니 어느새 스몰 오우거의 지척에 도달해 검을 휘둘렀다. 눈으로 좇기 힘든 수준의 검격이었다. 앞선 행동들이 지금 이 스킬을 위한 준비였던 것이다.

호오…….

지켜보던 무혁조차 감탄했다.

스몰 오우거는 돌멩이를 피하지 않았다. 하지만 뒤이어 날아온 방패는 피했다. 그 순간 움직임을 예상해 목표 위치를 설정, 스킬을 사용하여 순식간에 난격한다.

이 공격은 상당한 피해를 입혔겠지만 스몰 오우거는 생각 이상으로 HP가 높다. 다른 층처럼 두 마리, 세 마리가 나오지 않는 이유가 무엇이겠는가. 녀석 홀로 여러 마리의 몫을 충분히 하기 때문이다. 하지만 유라는 그 사실을 인지하지 못했다.

그래서 공격 이후를 대비하지 못했고 결국 팔을 교차하며 난격을 막아낸 오우거의 주먹에 얼굴을 가격당하고 말았다.

"으읍!"

엄청난 충격에 몸이 옆으로 회전하며 멀어졌고 스몰 오우거는 그런 유라를 쫓아가서는 허공에서 몇 번이고 주먹질을 퍼부었다. 그 모습에 사제는 힐을, 마법사는 실드를 사용했다. 덕분에 피해가 감소되었으나 그래도 반동을 이기지 못하고 벽에 부딪히며 튕겨나갔다. 그런 유라에게 한 방을 갈긴 스몰 오우거가 유유히 돌아섰다.

크워어어어어!

포효하며 자신에게 달려든 유저를 모두 상대했다.

"진짜 세긴 하다."

"그러니까."

하지만 놈을 쓰러뜨리지 못하면 외눈박이 거인은 꿈도 꾸지 못하리라.

"도와야 하나?"

"흐음."

고민하던 무혁이 몸을 일으킨 유라를 쳐다봤다.

"안 도와줘도 되겠네."

그녀의 차갑게 가라앉은 눈동자를 보는 순간 이상하게도 미소가 그려졌다.

다음 날.

무혁은 일루전의 세계로부터 인센티브를 입금받았다.

870만 원.

지난주보다 시청률이 1퍼센트 정도 더 오른 것이다. 여기에 일루전으로부터 조회 수에 따른 금액까지 지급을 받았다.

그 금액만 무려 1,900만 원이었다.

흡족해하고 있을 때였다.

드드드.

차량이 출고되었다는 메시지가 왔다.

"아……."

무혁은 기대 어린 표정으로 몸을 일으켰다. 옷을 갈아입은 후 집을 나서 매장으로 향했다. 그곳의 직원이 무혁을 보고서는 반겼다.

"오셨네요."

"출고가 되었다고요?"

"네, 이쪽으로."

따라서 가자 창고가 나타났다.

그곳에 세워진 한 대의 차량. BMW 5시리즈였다.

"아……!"

그야말로 번쩍하는 느낌이었다.

두근두근.

차에 그리 큰 관심이 없었음에도 불구하고 내 차라는 생각이 들자 가슴이 뛰었다.

"어떠신가요?"

"좋네요."

"다행입니다."

직원도 환하게 웃었다.

"바로 타고 가면 되죠?"

"그럼요."

무혁은 차량에 올랐다. 일단 넓었다. 그리고 세련되었으며 또한 깔끔했다.

좋네, 진짜로.

시동을 거는 순간 묵직한 안정감이 느껴졌다.

"그럼 다음에 또 찾아주십시오."

"네."

직원과 인사를 나눈 후 도로로 나섰다. 가볍게 드라이브를 한 후 상쾌한 기분으로 집으로 돌아갔다. 그리고 시간에 맞춰 일루전에 접속했다. 기다리고 있던 유라가 무혁을 보자마자 다가왔다.

"저기요."

"네."

"스몰 오우거는 공략법이 진짜로 없어요?"

아무래도 꽤 힘든 모양이었다.

"없어요."

"진짜, 아무것도요?"

"흐음, 힘든가 봐요?"

"그, 그건⋯⋯."

"뭐, 조금 편해지는 방법은 있죠."

유라의 눈이 빛났다.

"뭔데요, 그게?"

"일단 둔화의 독이랑 환각의 독을 사용할 것. 보니까 전투에 도움이 되는 보조적인 것들을 사용하지 않더라고요."

"그거야……."

"쓸데없는 자존심이겠죠."

유라의 미간이 찌푸려졌다.

"알겠어요. 그리고요?"

"움직임을 제한할 수 있는 수단이 있으면 좋겠죠."

"예를 들자면……?"

"흙의 정령이 사용하는 플랜츠 스킬이나 디그 스킬이 좋더군요."

"아……."

안타깝게도 이곳엔 정령사가 없었다.

정령 파이터가 있긴 하지만.

"아니면 방어력이랑 HP가 높은 유저 여섯 정도가 놈을 감싸는 것도 좋죠."

"아, 움직임에 제약을 주라는 거군요."

"맞아요."

유라가 고개를 끄덕인다.

"혹시 더 있을까요?"

"흐음, 글쎄요."

무혁은 네크로맨서라서 이들과 전투 스타일이 너무 다르다. 그래서 더 이상의 직접적인 조언을 해주기가 어려웠다.

"아니, 이 정도만 해도 고마워요."

"그럼 다행이고요."

유라가 슬쩍 고개를 돌렸다.

성민우가 그곳에 있었다.

"저기……."

"저요?"

"네."

성민우가 벌떡 일어났다.

"헤헤, 무슨 일이신지."

"정령을 다룬다고 하셨잖아요. 혹시 도움을……."

이야기를 듣고 있던 무혁이 끼어들었다. 성민우라면 냉큼 고개를 끄덕일지도 모를 일이기 때문이다.

"유라 씨."

"네?"

"저희 두 사람은 애초에 전투에 참가하지 않겠다고 밝혔습니다."

"하지만 조금 정도는……."

이어진 무혁의 말에 유라는 입을 다물고 말았다.

"약속은, 지키라고 있는 겁니다."

6층에 막 진입한 다크니스 길드.

중국 유저들이 모여 만든 길드로 포르마 대륙에서는 최고라 일컬어지는 곳이었지만 역시 붉은 탑에 오른 다른 거대 길드의 분위기와 크게 다를 게 없었다. 그럼에도 불구하고 가장 먼저 5층을 클리어했으니 대단한 건 인정해야만 했다.

"후우……."

하지만 그러면 뭘 하나.

"다음 주면 또 따라잡히겠지."

"일루전의 세계에서 공략법이 나올 게 뻔하니까."

중국이라고 해서 대한민국 프로그램을 모르진 않았다. 유명한 방송은 번역을 해서라도 그 내용을 파악하려드는 것이 바로 이들이었으니까. 그렇기에 당연히 붉은 탑과 관련된 공략을 모를 수가 없었다.

"무슨 그딴 프로그램이 다 있는지."

힘들게 오르고 나니 공략법이 밝혀졌다. 매주 그런 상황이 반복되고 있었다. 정말 맥 빠지는 상황이 아닐 수 없었다.

"그보다 그 작성자는 누구야?"

"아, K.Mu?"

"그래, 그 새끼!"

"내가 알겠냐."

"하아. 진짜 짜증난다, 그놈."

한참을 투덜거리던 그들이 몸을 일으켰다.

휴식이 끝났기 때문이다.

"다시 간다."

"예."

길드장의 지시에 따라 앞으로 나아가기를 몇 분.

샌드맨 무리가 모습을 드러냈다.

"준비!"

모두들 마음을 다잡고 태세를 갖췄다.

"공격!"

치열한 전투가 벌어졌고 정말 힘겹게 승리를 거머쥐었다.

"이 녀석도 공략법이 있을까?"

"있지 않을까?"

"어떻게 해야 하지?"

고민을 거듭하는 그때 누군가가 말했다.

"아, 내가 뒤에서 보니까 공격을 당할 때마다 모래가 떨어지더라고."

"그래서?"

"그 모래 사이로 뭔가가 보인 것도 같고……."

"아, 골렘처럼?"

"그래, 그거!"

모두의 눈이 빛났다. 곧이어 방금 전의 두 배로 늘어난 샌드맨 무리와 마주쳤다. 모두들 공격을 하면서도 핵을 찾기 위해 눈알을 이리저리 굴렸다. 골렘을 상대한 적이 있는 탓일까. 핵을 찾기까지 그리 오랜 시간은 걸리지 않았다.

"찾았어!"

"어디?"

"여기, 복부야!"

"오오!"

"다들 복부를 집중적으로 공격해라!"

"예! 길드장님!"

모두들 집중적으로 복부를 공격했다.

"한곳으로 모아!"

샌드맨을 모은 후 광역 마법을 발휘했다.

콰과과과광!

하지만 핵은 금도 가지 않았다.

대신 광역 마법의 특성상 샌드맨의 신체를 이루던 전신의 모래가 후드득 하고 떨어지면서 순간적으로 세 개의 핵이 드러났다. 다만 마법의 후폭풍으로 인해 시야가 가려져 누구도 그것을 발견하지 못했다는 사실이 참으로 불운할 뿐이었다.

다시 시간이 흘러 일루전의 세계가 방영되는 날이 되었다.

먼저 5층에 대해 나왔다. 스몰 오우거는 정공법만이 답이라는 모습으로 진행이 되었다.

간간히 둔화의 독과 환각의 독을 사용했고 또 근접 유저가 놈을 감싸 움직임에 제약을 주는 모습이 주로 화면에 잡혔다. 그러면 타켓형 스킬이나 공격을 퍼부어 스몰 오우거의 HP를 조금씩 깎아 나가곤 했다. 답이 보이지 않는 문제를 꾸역꾸역 풀어가는 기분이었다. 그래서 2, 3, 4층과는 달리 답답한 마음이 들었다.

하지만 그것도 잠시.

-아, 드디어 6층이네요.

-후우, 이제 좀 편하겠네.

순식간에 밝아진 유라의 표정으로 미루어 시청자들은 단숨에 깨달았다.

아, 6층은 공략법이 있구나.

그들의 예상대로였다. 6층 몬스터 샌드맨의 공략법이 등장했다. 다시 일루전 홈페이지가 들썩거렸다.

[내용 : 와, 진짜 쉽네? 지금 최상위 길드가 6층에 있지 않나? 이제 덜 고생하겠네. 축하드려요.]

그 게시물에 누군가가 댓글을 달았다.

└유리 : 축하는 무슨. ㅋㅋ 개고생해서 6층까지 올랐는데 공략법이 하나씩 밝혀졌으니 한마디로 헛짓거리만 한 거지. 지난주부터 상위 길드 유저들이 파티 맺고 올라가기 시작했는데 벌써 5층이라는 말이 있던데? 며칠이면 6층이고. 그러면 오늘 등장한 공략법으로 속도 내겠지. 결국 7층을 누가 먼저 클리어하느냐에 달린 거네.

└보호 : 진짜 최상위 길드 유저들, 불쌍해요.

└구경 : 저도 파티 맺어서 붉은 탑 순회 중입니다. 확실히 몬스터가 강하긴 한데 공략법대로 하면 사냥이 가능해서 폭업하고 있어요.ㅎㅎ

[제목 : 다크니스 길드장, 결국 터졌다네요!]

[내용 : 제가 아는 친구가 중국인인데 다크니스 길드원이거든요. 6층에서 샌드맨 엄청 힘들게 잡고 있는데 오늘 방송 보고 길드장 열 받아서 난리쳤데요. 사실 핵이 있는 건 알았고 부서뜨리기도 했는데 설마 세 개일 줄은 몰랐다면서.ㅋㅋㅋ]

└아라리 : 진짜 불쌍하네요.

└혼노 : 세상이 다 그런 거죠.ㅋㅋ

└모찌 : 아무튼 공략법이 대단하긴 하네. 정말 쉽게 잡히네.

└하야시 : 그러게. 저걸 누가 밝혀낸 거지? 핵이 세 개나 되는데 말이야.

└파워 : 거기다가 동시에 깨뜨려야 한다는 게 가장 문제예요. 마법 공격력이 통하지 않으니 결국 근접 유저에게 맡길 수밖에 없잖아요.

└호호 : 맞아. 근접 유저가 센스가 없으면 동시에 깨는 것도 힘드니까.

└센스 : 결국 공략법을 밝힌 유저는 그 모든 걸 해냈다는 거잖아?

└원펀치 : 대단하다고 밖에는……

└두주먹 : 이건 인정한다.

└두부 : 그건 그렇다고 치고. 유저가 100명씩 들어오면 샌드맨이 어마어마하게 늘어나잖아요. 20명마다 두 배씩 증가하는 거니까. 그러면 아무리 유저가 많아도 힘들 수 있겠네요.

└꼬맹이 : 소수가 더 나을지도.

└초코 : 19명이 가장 좋은 것 같아요. 물론 7층이 보스 몬스터 한 마리라면 이야기가 또 달라지겠지만요.

게시판이 뜨겁게 달아오른 시점.

유라는 사냥을 마치고 화면을 바라보며 고개를 숙였다.

-정말 사냥이 편해졌네요. 공략법을 알려주신 K.Mu 님께 감사드려요.

일종의 홍보 전략이었다.

-자, 다시 사냥 가죠.

이후로도 전투하는 모습. 대화를 나누는 모습. 그리고 다시 화면이 돌아와 MC유라와 우현이 만담하는 모습까지. 그 세 가지 장면들이 편집의 힘으로 절묘하게 자리를 잡으니 재미가 배가 되었다.

전투하는 장면만 해도 그랬다. 게임에서 보는 일반적인 전투보다 오히려 편집된 영상의 전투가 더 박진감이 넘쳤다.

무혁조차 재밌다는 생각이 들 정도였으니까.

뭐, 그건 그거고…….

무혁은 게시물 작성을 마치고 엔터를 눌렀다. 유라가 K.Mu를 언급한 직후였다.

[제목 : 붉은 탑 공략 세 번째(5, 6층)]

[내용 : 우선 일루전에 방영되는 공략은 제가 제보한 것으로 계약을 맺은 사안임을 확실하게 밝혀두는 바입니다. 그러면 본론으로 들어가서 먼저 5층, 스몰 오우거의 경우에는 사실 정공법밖에는…….]

그 글은 순식간에 핫이슈로 올라갔다.

[제목 : 떴다! 작성자 K.Mu가 올린 세 번째 공략글!]

[내용 : 근데 진심으로 궁금하네요. 도대체 K.Mu는 누구기에 공략법을 다 알죠? 지금 최상위 길드 랭커들도 6층에 오른 지 얼마 안 되지 않았나요? 아니면 그 최상위 길드에 속한 유저 중에 한 사람이려나?]

└알보 : 저도 궁금하네요, 진짜.

└와이트 : 음, 아무래도 그럴 가능성이 제일 높겠죠?

└마루 : 아니면 비공식 랭커가 팀을 이뤘을지도 모르죠. 그들이라면 알려진 곳보다 더 높은 층에 오르지 말란 법도 없으니까요.

무수한 댓글이 빠르게 달렸다.

그보다 더 빨리 게시물이 늘어났다.

[제목 : 지금 5, 6층 공략글 떴습니다!]

[내용 : 사실 일루전의 세계를 보고 공략글을 작성한 분도 많은데요. 이상하게 그분들 게시물 조회 수는 영 늘어나지가 않네요. 아마도 일루전의 세계에서 K.Mu 작성자를 밀어줘서 그런 거겠죠? 아무튼 대박 부럽습니다!]

그리고 그 많은 게시물 중에서도 유독 무혁이 올린 것만 조회 수가 빠르게 증가했다. 방송에서의 언급으로 인한 유저들의 검색.

자연스레 조회 수가 늘어날 수밖에 없었다. 조회 수가 늘어나면 핫이슈에 등록되고, 그러면 메인에 오르는 건 순식간이다. 메인에 오르면 또다시 조회 수가 증가한다. 한마디로 말해 조회 수 증가의 선순환인 것이다. 무혁은 그 모습을 바라보다 이내 홈페이지에서 로그아웃을 했다. 어차피 오를 조회 수라면 지켜보지 않아도 오르는 법이었다. 괜히 마음 졸일 필요가 없었다. 이후 노트북을 종료한 후 냉장고에서 반찬통 몇 개를 꺼내어 저녁을 먹었다. 일루전의 세계를 보면서 느긋하게 먹다 보니 어느새 8시가 넘어갔다. 방송도 끝이 났고 약속했던 시간까지 10분밖에 남지 않았기에 서둘러서 상을 치운 후 이를 닦았다.

이후 캡슐에 누워 일루전에 접속했다. 아직 접속하지 않은 유저 몇 명이 있었기에 무혁은 자리에 앉아 기다렸다. 그런 그를 가만히 바라보던 유라가 다가왔다.

"접속했네요?"

"네."

"흐음, 다행히 안 늦었네요."

"당연하죠."

왜 저러는 거야?

혹시 지난번에 했던 말 때문인 걸까.

약속은, 지켜야 한다는.

"7층에서도 구경만 할 건가요?"

"녹화 중이면 그래야죠."

"녹화를 안 하면요?"

"그럼 고민을 해볼 문제가 되겠죠."

"왜 그렇게까지 정체를 감추려고 하세요?"

"그냥요."

오늘따라 여러 가지를 묻는 그녀였다.

"혹시 스스로가 대단하다고 여기는 건 아니죠?"

"……."

그 말에는 대답하지 않았다.

대단하다? 대단하지 않다?

사실 그런 걸로 무혁의 현재 상태를 재단할 수는 없었다.

무혁이란 캐릭터 자체가 일단 현재 일루전 유저들이 받아들이기에는 조금 무리가 있었으니까. 시간이 조금 더 흘러 정보가 하나씩 풀리고 보다 더 많은 컨텐츠가 열리고, 또 이런저런 유저들이 등장할 때가 된다면야 문제가 없다.

무혁이 올린 스탯을 이해하게 될 것이고 덩달아 네크로맨서임에도 불구하고 힘, 민첩, 체력이 어마어마하게 높다는 사실도 받아들일 수 있을 것이다.

말도 안 되게 강한 스켈레톤 역시도.

하지만 그 모든 것이 아무런 정보도 풀리지 않은 현 시점에서 밝혀진다면?

으으……!

상상만으로도 귀찮아졌다.

유라는 그 모습을 움찔거린 것으로 착각한 걸까.

"허얼."

꽤나 과장된 표정과 몸짓을 선보였다.

"진짜 스스로가 대단하다고 생각하는 거예요?"

"뭐, 그런 건 딱히 아닌데요."

"흐음, 그래요?"

마치 놀리는 표정과 어투였다.

"진짜 아니에요? 맞는 것 같은데?"

"……"

"왜 말이 없어요?"

대답하지 않자 그녀가 어깨를 으쓱거렸다.

"치, 재미없네."

그러곤 일행들이 있는 곳으로 돌아갔다.

잠시 후.

성민우를 마지막으로 모든 유저가 접속을 마쳤다.

유라는 먼저 한 가지를 언급했다.

"다른 층들과 비교해 봤을 때 6층도 머지않은 것 같아요."

"후우, 드디어……"

"그래서!"

유라가 주변을 훑었다.

"오늘은 7층에 도전할 생각이에요."

"7층……?"

"그렇게 아시고 출발!"

무혁도 7층에 대해선 언급하지 않았다. 안 그래도 6층까지의 공략법을 어떻게 알고 있는지에 대해서 깊은 의문을 품고 있는 유라였는데 만약 7층 보스 몬스터에 대해서도 무혁이 알고 있다면?

귀찮을 것 같단 말이지. 그것도 상당히 많이. 그래서 그냥 가만히 있기로 했다. 알아서 잘 하겠지.

지금까지의 모습을 보면 유라는 신중했으며 또한 결단력도 있었다. 그 정도는 믿고 맡겨도 좋을 정도였다. 물론 그들이 외눈박이 거인을 이기지 못하리라는 확신은 있었다. 단지 조금이라도 HP를 줄여주기를 원할 뿐이었다.

"무혁아."

"어?"

"그래도 그건 말해야 하지 않을까?"

"으음……."

아마도 눈 공격을 말하는 것이리라. 사실 무혁도 신경이 쓰였다.

근데 어떻게? 무슨 수로 설명을 한단 말인가.

"어려우려나?"

"아무래도."

"흐음, 그냥 추측성 발언 정도라도 하는 게 어때?"

"추측?"

"어, 눈이 하나밖에 없는 몬스터를 상대한 적이 있다. 그 몬스터의 눈을 공격했는데 오히려 더 강해지더라. 뭐 그런 식으로?"

무혁의 눈동자가 빛났다. 그런 방법이 있었어.

마침 적당한 몬스터도 떠올랐다.

55레벨의 가베로.

반월형의 손톱을 주 무기로 삼는 작은 키의 몬스터다. 녀석 역시 눈이 하나였다. 게다가 눈을 잃으면 더 난폭해지는 것이 사실이었다.

"괜찮네."

"어? 괜찮아?"

의견을 제시한 성민우가 되레 놀랐다.

"아주 좋아."

무혁은 대답하며 언제 말해야 할지를 생각했다. 7층에 진입해 외눈박이 거인과 조우하기 전에는 말할 수가 없었다.

7층 몬스터가 외눈박이 거인이라는 걸 미리 알고 있는 것 자체가 이상했으니까. 그렇다면 기회는 단 한 번, 진입한 직후 외눈박이 거인이 다가오는 그 짧은 순간이 처음이자 마지막 이리라.

생각의 정리를 마쳤을 때.

"다들 준비하세요!"

마침 유라의 목소리가 들려왔다.

나타난 것은 샌드맨 한 마리, 모두들 여유로운 표정으로 전투를 준비했다.

3시간 정도를 더 나아갔을 무렵.

"아……!"

선두에 있던 유라에게서 기묘한 탄성이 들려왔다. 이상하게 야릇한 느낌이 들긴 했지만 애써 그런 생각을 지우며 상황을 파악하는 동료들이었다.

"왜 그래?"

"앞에 뭐라도 있어?"

"아, 네."

"뭔데?"

유라가 옆으로 걸음을 옮기자 7층으로 오르는 길이 보였다.

"7층, 7층이지?"

"맞아요."

"후아, 드디어 마지막이구나!"

"네, 마지막이니까 잠시 휴식을 취할게요. 어쩌면 보스 몬스터가 있을지도 모르니까 준비도 제대로 하고요."

"좋아, 그럼 난 일단 요리부터 할게."

"고마워요."

"고맙긴."

한 유저가 요리를 시작했다. 무혁보다 요리의 레벨이 높았기에 그의 요리를 먹고 나면 상당한 버프효과를 누릴 수 있었다. 수리를 배운 유저도 있었는데 그는 동료들의 무구를 수리해 줬다. 어떤 이는 남은 둔화의 독과 환각의 독을 모두 모았고 또 어떤 사람은 장비를 점검하기도 했다. 누군가는 계획을 세

윘으며 일부는 등을 벽에 기댄 채 가만히 눈을 감고 쉬었다.

얼마 지나지 않아 요리가 완성이 되었다.

"자, 먹어요."

"고마워."

"잘 먹을게요, 오빠."

유저들이 음식을 맛보기 시작했다.

무혁과 성민우도 한 입 먹었다.

[체력(3)이 30분 동안 증가합니다.]

[힘(1)이 30분 동안 증가합니다.]

무혁이 만족스럽게 웃었다.

힘, 체력이라.

게다가 체력은 무려 3이나 증가했다.

확실히 좋네.

무혁도 요리 스킬의 중요성을 다시 한 번 깨달았다.

그때였다.

"다들 준비 끝났죠?"

유라의 물음에 고개를 든다.

"더 시간이 필요한 사람 있나요?"

아무도 없었다.

"그럼 7층으로 진입할게요."

손에 들린 투구를 착용하는 순간 그녀의 분위기가 변했다. 등을 돌려 선두에 선 모습이 참으로 든든하게 느껴졌다.

"크으, 매력 터진다."

성민우의 말을 한 귀로 흘리며 뒤를 따라갔다.

7층에 오른 순간.

크르르?

홀의 중앙에 있던 외눈박이 거인이 입장한 유저들을 향해 달려갔다.

파밧.

그 순간 무혁이 외쳤다.

"녀석의 눈은 노리지 마요!"

"눈을?"

"갑자기 무슨 소리야?"

유라가 고개를 돌리며 외쳤다.

"모두 집중하세요!"

그러면서 무혁을 잠깐 바라본다.

시선이 허공에서 얽혔다. 눈을 노리지 말라?

이유가 궁금했지만 들을 시간이 없었다. 이미 보스 몬스터로 짐작이 되는 녀석이 지척에 도달한 상태였으니까.

그래서 선택해야만 했다. 무혁의 말을 들을 것이냐, 말 것이냐.

"눈은 노리지 않고 놈을 공략하겠어요!"

결정을 내린 유라가 무릎을 굽히며 상체를 숙여 방패에 무게를 실었다.

콰아앙!

마침 도착한 녀석의 주먹이 방패를 두드렸다. 엄청난 힘이었다.

"흡……!"

뒤로 날아간 유라가 동료와 함께 바닥을 굴렀다.

"다들 주변으로 퍼져요!"

보통 보스 몬스터는 강력한 스킬을 한 가지 이상은 지니고 있다. 그 스킬이 넓은 범위에 피해를 준다면, 그 스킬에 가격당하는 순간 파티는 엄청난 손실을 입을 것이다.

어쩌면 죽을지도 모르고.

그렇기 때문에 보스 몬스터를 상대할 때는 넓게 퍼지는 게 공식화된 상태였다. 유라의 파티는 그 전술을 철저하게 이행했다.

"나부터 간다!"

가디언 직업을 지닌 사내였다. 이렇게 한 명씩 나서서 몬스터의 어그로를 끌고 주변에서는 공격을 가한다.

"집중 포격!"

원거리 스킬이 쏘아졌다.

콰과과광!

먼지가 치솟으면서 시야가 가려졌다.

퍼억.

그 순간 먼지를 꿰뚫고 뒤로 날아간 가디언 유저.

벽에 부딪히며 몸을 일으킨 그는 줄어든 HP를 보며 미간을 찌푸렸다.

"HP가 700이 나갔어."

그것도 그냥 주먹질 한 번에.

물론 방패로 막지 못해서 대미지를 직격으로 맞은 거라곤 하지만 그래도 어마어마한 대미지였다. 방패로 막아 60퍼센트의 대미지를 흡수했더라도 280의 HP를 내줘야 했으리라.

스킬이라면?

1천이 그냥 넘어갈 수도 있었다.

"다들 긴장하라고!"

"알았어!"

그 순간, 외눈박이 거인이 한 명의 유저에게로 달려들었다. 하필이면 그 유저의 직업이 사제였다. 놀란 사제가 뒤로 물러서는 순간 옆에 있던 누군가가 앞으로 나섰다.

파밧.

검과 방패를 지닌 유라였다. 달려들던 외눈박이 거인과 마주쳤다. 놈이 주먹을 휘둘렀다.

후웅.

바람을 가를 정도로 파괴적이었다.

이미 놈의 괴력을 알기에 직접적으로 부딪히지 않고 몸을 낮게 숙여 피해냈다. 그리곤 측면으로 돌아가며 검을 휘둘렀다. 화가 난 녀석이 재차 주먹을 휘둘렀지만 이번에도 바닥을 굴러서 피해냈다. 그러면서 동시에 발목을 검으로 그었다. 그런 공방을 몇차례 반복했을 즈음.

크워어어어어!

놈이 포효하더니 갑자기 다리를 크게 들어 올렸다.

저런…….

지켜보던 무혁이 미간을 찌푸렸다. 이미 피하기엔 늦었다.

유라도 위험을 본능적으로 느낀 건지 다급히 외쳤다.

"실드, 힐!"

그녀의 말이 끝나는 순간 놈이 다리를 내리찍었다.

쿠웅.

소리가 들리는 순간, 그녀의 전신에 실드 마법의 투명한 막이 씌워졌다. 하지만 충격파는 투명한 막을 유리처럼 깨뜨린 후 유라를 휩쓸어 갔다.

"흡!"

충격을 받으며 뒤로 날아가는 그녀에게 새하얀 빛이 스며들었다. 치유 마법, 힐이 들어간 것이다. 아주 적절한 순간에 들어간 힐로 인해 HP가 다시 차올랐으나 그녀조차 생각하지 못한 일이 발생했다.

"이, 이런……!"

"피해!"

충격파의 범위가 생각보다 넓었던 것이다.

멀리, 더 멀리.

그것은 꽤 거리를 두고 있던 다른 유저들조차 집어삼킬 정도로 광범위했다.

한바탕 폭풍이 몰아치고 기묘한 적막감이 흐른다.

유일하게 쓰러지지 않은 유라가 동료들의 처참한 모습을 보며 허망하게 서 있었다. 그래도 한 번에 죽을 정도는 아니어서 모두들 몸을 일으키곤 있었지만 단번에 HP가 1천이 넘게 빠져버렸기에 정비할 시간이 필요했다.

크워어어어!

물론 외눈박이 거인은 그럴 생각이 없어 보였지만 말이다.

저벅.

그 와중에 걸음을 내딛는 사람이 있었다.

"다들, 정비하세요."

어여쁜 목소리의 주인공은 유라였다.

리더라는 책임감 때문일까.

그녀는 홀로 앞으로 나서 또다시 놈을 상대했다.

세 번의 충격파 공격을 더 받았을 때.

"이런……!"

체력이 약한 궁수 한 명, 마법사 두 명, 그리고 가장 중요한 사제 두 명이 강제로 로그아웃을 당했다.

"저걸 어떻게 잡으란 거야!"

"차라리 백 명이서 왔어야 했어……"

무혁은 고개를 저었다. 백 명이 왔다면 외눈박이 거인은 훨씬 더 강했으리라. 물론 백 명이서 눈을 공격하지 않고 공략한 다면 지금보다 더 쉬울 수도 있다. 하지만 유저가 많아질수록 눈을 공격할 가능성 역시 높아지게 마련이다. 혹여 누군가가 실수로라도 눈을 가격한다면 외눈박이 거인은 정말 잡을 수 없는 괴물이 되고 만다. 그렇기에 소수가 더 낫다.

물론 그래도 어려운 건 마찬가지지만.

"젠장……"

기세가 바닥까지 떨어진 상태다.

"하아, 하아……"

가상현실임에도 불구하고 호흡까지 거칠어졌다. 그 정도로 고생하고 있음이었다. 그러나 여전히 공략할 길이 보이지 않았다.

후퇴?

이미 세 명의 동료가 죽어버린 상태라 물러났다가 다시 도전해도 이길 가능성은 현저하게 낮았다.

절레절레.

모두들 고개를 저었다.

"이건 안 돼……."

그러나 한 사람. 유라만큼은 아직도 눈빛이 죽지 않았다.

"진짜 보스는 보스네요."

"하아, 그러니까."

대답한 동료가 지친 기색을 역력하게 비쳤으나 유라는 오히려 웃었다.

"힘드니까 더 의미 있는 거 아닐까요?"

그러면서 동료들을 훑는다.

뜨거운 시선으로.

"여기까지 와서 포기할 생각은 아니죠? 그럼 남자도 아니에요."

그 말에 동료들이 시선을 피했다.

그 순간이었다. 가디언 유저가 겨우 붙잡고 있던 외눈박이 거인이 또다시 발광하며 거리를 좁혀왔다. 그러곤 절묘한 위치에서 발을 굴렀다.

쿠우우웅!

충격파가 유저들을 또다시 휩쓸었다.

두 명의 유저가 죽었다.

"아……!"

유라의 동공이 흔들렸다. 하지만 이내 검을 강하게 그러쥐며 앞으로 나아갔다. 그녀가 할 수 있는 게 그것뿐이었다.

파밧.

지면을 차며 놈과의 거리를 좁혔다. 공격받아 쓰러지고, 날아가고. 지쳐서 온몸이 먼지투성이가 되었음에도 그녀는 또다시 일어났다. 그녀의 사전에 포기라는 단어는 없는 것만 같았다.

한편.

유라의 모습을 지켜보던 무혁의 표정이 조금 찌푸려졌다.

"……."

이상하게 짜증이 났다. 저 정도 되면 포기하는 게 정상이다. 지금도 그렇지 않은가. 그녀를 제외한 모두가 이미 포기한 눈빛이었다. 그들은 오히려 유라가 그만하길 바라는 표정이었다.

혹시 시청자들의 시선을 걱정하는 것일까?

그들의 질타가 두려워서?

이 정도 했으면 누구도 뭐라고 하지 않을 것이다. 아니, 오히려 응원하고 칭찬하면 모를까. 누가 감히 저 모습을 보고서도 질타를 할 수 있단말인가.

그런데 도대체 왜……?

"크읍!"

그 순간 뒤로 나가떨어진 유라가 다시 몸을 일으켰다.

"하아, 하아……."

한 명 남은 사제의 힐을 받고 다시 HP가 차올랐지만 이상하게도 거칠어진 호흡은 정상으로 돌아오지 않았다. 정신적으로 지친 탓인지 몸도 무겁게 느껴졌다. 그래도 그녀는 또다시 걸음을 옮겼다.

"다들 힘내요. 할 수 있어요……."

그녀의 목소리가, 그녀의 모습이 마치 비수처럼 가슴에 꽂힌다.

그리고 나는……. 왜 저 모습을 보면서 마음이 들끓는 것인가. 결국 참지 못한 채 나서고야 말았다.

"다들 영상 녹화 끄는 게 어때요."

주변 유저들의 시선이 집중된다.

"저 처참한 모습, 계속 찍을 거예요?"

"아……."

유라의 동료들이 납득한 듯 고개를 끄덕였다. 그러곤 허공으로 손짓을 몇 번 하면서 영상 녹화를 중단했다. 그 모습을 확인한 무혁이 성민우를 쳐다봤다. 그 역시 무혁을 보면서 고개를 끄덕였다.

윈드 스텝.

스킬의 사용과 동시에 무혁의 신체가 무섭도록 빨라졌다.

순식간에 유라의 곁으로 다가가 그녀의 옆구리를 감싸 안았다.

꽈악.

손에 힘을 주어 그녀를 지탱한 후 뒤로 물러났다. 이후 옆구리에 품고 있던 그녀를 바닥에 내려놓았다.

"어어……?"

놀란 그녀가 무혁을 빤히 쳐다봤다. 품에 안겼다는 민망함보다 너무나 빠른 속도와 갑자기 난입한 무혁에 대한 의문 때문이었다.

"왜……?"

대답할 수 없었다. 나도 모르겠으니까.

무혁은 한숨과 함께 등을 돌렸다. 외눈박이 거인과 놈을 괴롭히고 있는 성민우의 정령 네 마리가 보였다.

무혁은 인벤토리에서 검과 방패를 꺼낸 후.

"후읍."

호흡을 들이마쉰 채로 지면을 박찼다.

파밧.

순식간에 거리를 좁힌 무혁이 놈의 곁을 스치고 지나갔다.

서걱.

놈의 손가락 하나가 잘렸다.

검의 절삭력이 높아지긴 했지만 안타깝게도 손목을 자를 정도는 아니었기에 차선으로 손가락을 노린 것이다.

흡……!

뒤이어 새끼발가락도 그어버렸다.

크워어어어!

외눈박이 거인이 포효하며 주먹을 이리저리 휘둘렀지만 지금의 무혁을 맞힐 순 없었다. 윈드 스텝을 사용하고 있는 한 그는 한 줄기 바람이었으니까.

유라의 눈동자가 격하게 흔들렸다.

아, 아……

아직도 느껴지는 그의 온기 때문만은 아니었다. 눈으로는 쫓을 수도 없는 움직임으로 보스 몬스터를 유린하고 제압하는 압도적인 실력에 정신을 빼앗긴 탓이었다. 지금껏 누구도 제대로 된 피해를 입히지 못했기에 그 충격은 더했다.

어떻게……?

의문이 먼저 들었다. 하지만 의문보다 더 강력한 자극이 있었다.

이길 수 있다는 기대. 할 수 있다는 희망이었다.

도와야 해.

비단 유라만의 생각은 아니리라. 뒤쪽으로 물러서 있던 다른 유저들 역시 뒤늦게 정신을 차리고 조금이라도 더 돕기 위해 나섰으니까.

그중에 유독 한 명이 눈길을 끌었다. 그는 다른 유저와는 달리 허공에 손짓을 하고 있었다. 그 순간 녹화만 안 한다면 돕겠다는 무혁의 말이 떠올랐다.

왜 그랬을까.

이유는 모르겠지만 그를 막아야 한다는 생각만이 들었다.

"오빠!"

"어, 어어?"

녹화를 하려던 그가 유라의 등장에 홀로그램을 내렸다.

"괜찮아?"

"응?"

"아까 심하게 다친 것 같아서……."

"아, 괜찮아."

"다행이다! 그보다 안 돕고 뭐 해?"

"녹화부터 좀 하려고."

"녹화?"

"응. 저 유저, 엄청나잖아. 이런 건 찍어야지."

유라의 미간이 살짝 찌푸려졌다.

어떻게 하지? 그 순간이었다.

"어……!"

사내의 아쉬운 신음이 들려왔다. 유라가 고개를 획 하고 돌렸다.

외눈박이 거인과 정령이 보인다. 그리고 열 마리가 훌쩍 넘어가는 스켈레톤 전사도. 하지만 무혁은 보이지 않았다. 그는 이미 저 멀리 떨어진 곳에서 지팡이를 손에 든 채 소환수를 지휘하고 있었다.

마치 지금까지의 모든 것이 착각이었다는 것처럼.

윈드 스텝은 스킬을 시전할 때 50의 MP가 소모되고, 유지

할 경우 초당 20이 소모된다. 30초만 유지해도 650이라는 어마어마한 수치의 MP가 소모되기에 윈드 스텝의 유지 시간은 짧을 수밖에 없었다.

물론 절삭력이 높아진다는 점을 이용해서 외눈박이 거인의 왼손가락을 모두 잘랐고 오른손가락 두 개도 절단을 냈다. 발가락 세 개도 잘라내었고 허벅지와 옆구리는 물론 신체 곳곳에 깊은 상처까지 입혔으니 효과는 충분했다고 볼 수 있었다.

지금부터는 성민우의 정령과 무혁의 스켈레톤, 그리고 남은 유저들의 도움을 받아 마무리를 지으면 되리라.

"다들 도와주시죠?"

무혁의 말에 유저들이 정신을 차렸다.

그런데 어떻게?

앞으로 나서야 하나?

아니면 공격을?

고민하는 순간 무혁이 다시 입을 열었다.

"방어는 정령이랑 제 스켈레톤이 합니다. 원거리 공격이 가능한 분은 공격해 주시고 근접 유저분들은 대기해 주세요. 충격파 공격을 당한 후 스켈레톤과 정령의 HP가 떨어지면 후퇴시킬 겁니다. 그때 앞으로 나서서 놈이 거리를 좁히지 못하게 막아주세요."

강화뼈 두 마리와 정령 네 마리.

거기에 검뼈 12마리까지.

외눈박이 거인을 감싼 채 최대한 방어에 집중했다.

팡! 파방!

그 위로 화살이 쏘아지고.

마법 공격.

네 가지 속성의 마법이 뿌려진다.

크워어어어어!

외눈박이 거인은 고통에 울부짖으며 손과 발을 거칠게 휘둘렀다. 스켈레톤과 정령의 포위에서 벗어나려 애썼다.

"하압!"

마침 유저들의 공격이 시작되었다.

콰과광!

그들의 스킬은 놈을 묶어두기에 충분했다.

좋아.

그렇다고 강화뼈와 검뼈가 타격을 입지 않은 건 아니었다. 수시로 타격을 입은 검뼈를 뒤로 빼줘야만 했다. 그리고 HP가 가득한 녀석을 그 자리에 채워 넣었다. 그러면서도 활뼈에게는 연사 명령을 내렸고 메이지의 마법 쿨타임과 죽은 자의 축복 쿨타임을 확인하면서 적절하게 사용을 했다.

강력한 활쏘기는 자제했다. 지금은 최대한 능력을 감춰야 했다. 사실 윈드 스텝도 오버였지.

그땐 정말 왜 그랬는지 모르겠지만 아무튼 이제라도 정신을 차렸으니 다행이다. 녹화는 안 되었을 테니 저들이 물어보면 모른다고 우기면 그만이었다. 믿지 않겠지만 어쩔 수 없는 일이었다.

지금은 이런 모습들을 설명하기가 어려웠으니까.

그때였다. 놈이 다리를 들어 올렸다.

방어 모드!

충격파가 검뼈와 정령을 휩쓸고 지나갔다.

후퇴!

다급히 소환수들을 뒤로 물렸다.

"소환수 뒤로 물립니다! 유저분들이 막아주세요!"

대기하고 있던 근접 유저들이 나섰다.

사방에서 바람이 불어왔다.

스팟.

누군가는 그림자가 되어 순식간에 놈의 뒤쪽에 나타났고 누군가는 질주하며 단검을 던졌다. 하나였던 단검이 수개로 갈라지며 놈을 향해 짓쳐든다. 또 누군가는 미리 준비하고 있던 어스퀘이크를 사용해 모래를 총알처럼 흩뿌렸다. 그사이 무혁의 옆으로 다가온 유라가 방패와 검을 강하게 그러쥐었다. 망설이는 표정을 짓던 그녀가 힘겹게 입을 열었다.

"전투 끝나고……."

"음?"

고개를 돌리는 순간 둘의 시선이 얽혔다.

"이야기 좀 해요."

말을 끝냄과 동시에 그녀는 지면을 찼다.

파밧.

무수한 스킬의 이펙트들을 가르며 달려가는 그녀의 시선이 머무르는 곳에는 외눈박이 거인이 있었다. 녀석은 공격을 당하면서도 꾸역꾸역 앞으로 나왔다.

비틀.

그러다 갑자기 균형을 잃고 갸우뚱거렸다.

발가락을 잃은 탓이었다.

모두가 같은 생각을 했다.

이건 절호의 기회라고.

공격이, 그리고 스킬이 녀석의 신체 곳곳을 다시 한 번 타격했다.

콰과과과광!

후폭풍이 몰아치고 시야를 가리던 먼지가 걷혔을 때.

크르, 크르르.

전신이 은빛으로 물든 녀석이 보였다. 무혁이 깊게 상처 낸 곳이 이번 공격으로 더욱 벌어진 것이다.

저 정도라면……

무혁이 윈드 스텝을 사용해서 공격하면 끝낼 수 있을 것 같았다. 하지만 지금 정도라면 최소한 한 명은 영상 녹화를 틀었으리라.

아쉽네.

그런데 무언가가 이상했다.

스윽.

고개를 든 녀석의 눈이 감겨져 있었다.

방금 전 누군가의 공격이 외눈박이 거인의 눈을 공격한 모양이었다. 흥분에 취한 유저들 중에 누군가가 무혁이 언급했던 내용을 잊은 것이리라.

이런……!

무혁의 실수였다.

다시 한 번 눈을 공격하지 말라고 이야기를 했어야 했다.

막아야……

무혁이 어찌할 시간도 없었다.

크워어어어!

폭주 상태에 돌입한 외눈박이 거인이 순식간에 너무나도 압도적인 힘으로 주변을 휩쓸기 시작했다.

●

공격력은 어림잡아 두 배 이상 증가했다. 움직임 역시 마찬가지였다. 너무 빨라 눈에 보이지 않을 정도였다.

"피, 피해!"

단순한 공격에 벌써 유저 몇 명이 로그아웃을 당했다. 포위가 뚫리면서 중심으로 나온 녀석이 발을 구르며 충격파 스킬까지 사용했다. 그 한 번의 충격으로 또다시 몇 명의 유저가 목숨을 잃고 말았다.

빌어먹을!

무혁은 현재 MP를 확인했다.

280.

10초 정도 유지할 수준이었다.

이걸론 안 돼.

소환수를 모두 역소환시킨 후 인벤토리에서 물약을 꺼냈다.

[MP포션]

MP(200)를 회복시킨다.

10회 사용 가능

5분마다 재사용 가능

포션을 마시자 MP가 480이 되었다. 그래봤자 20초인가.

재사용 시간은 5분이다.

무혁은 직감했다. 그 시간이 흐르기 전에 상황은 끝날 것이라고. 놈이 죽거나, 혹은 이곳에 있는 모두가 죽거나.

스윽.

그때 성민우가 옆으로 왔다.

"후아, 또 폭주네. 어떡하지?"

"싸워봐야지."

녀석은 충분히 상처를 입었다. HP도 아마 상당히 떨어졌으리라. 어쩌면 바닥일지도 모르고.

그래도 혹시 모르기 때문에 최대한 MP를 채웠다.

조금만 더 버텨라.

유저들이 시간을 끌어주기를 희망했다. 이기기 위해선 어쩔 수 없었다. 지금 무혁이 움직여 봤자 승산이 없었으니까. 최대한 MP를 채워 윈드 스텝을 사용할 수 있는 시간을 1초라도 늘여야만 했다.

조금만, 조금만 더.

MP는 생각보다 빠르게 차오르고 있었다.

스윽.

그러다 주변을 훑었다.

남은 유저는 유라와 전사 한 명 그리고 궁수 한 명이었다.

콰직.

마침 폭주한 놈의 공격에 궁수 유저가 떡이 되었다.

그 모습은 참혹했으나 곧바로 사라졌기에 거북함을 느낄 시간은 없었다.

남은 두 사람. 유라와 전사.

"……."

무혁은 MP를 다시 확인했다.

596.

그 짧은 순간 전사 유저가 로그아웃을 당했다.

"아……!"

홀로 남은 유라가 신음을 내뱉는다.

크르르.

외눈박이 거인의 목표가 된 그녀는 입술을 깨물며 준비를 했다. 도망치는 것이 아니라 맞서기 위한 자세였다. 달려든 외눈박이 거인과 그녀가 부딪혔다.

퍼억.

유라가 뒤로 날아갔다. 벽에 부딪히며 충격에 몸을 떨었다.

저벅.

그 순간 무혁이 걸음을 내디뎠다.

이상해, 정말로.

왜 그녀가 당하는 모습에 반응하는 것인지. 무혁은 어느새 앞으로 나선 스스로를 깨달으며 한숨을 내뱉을 수밖에 없었다. 그래도 멈추지는 않았다.

윈드 스텝.

바람이 되어 그녀에게로 향했다. 도중에 마주친 폭주한 외눈박이 거인의 뒤쪽 허벅지를 검으로 그었다. 상처가 있던 곳에 또다시 공격을 가하자 살점이 크게 떨어졌다.

크와아아악!

놈이 고통에 발광하며 허리를 틀었다.

후웅.

주먹이 빠른 속도로 날아왔다.

역시 빨라……!

그 순간 보이는 푸른 선. 망설이지 않고 그 선을 쫓아가자 녀석의 주먹이 코앞을 스치듯이 지나쳤다. 풍경이 일그러졌고 그것이 본래의 모습을 되찾았을 땐 무혁이 걸음을 멈춘 후였다. 보이는 것은 녀석의 넓은 등이었다.

검을 휘두른다.

서걱.

다시 지면을 밀어냈다.

후읍!

사용한 MP는 어느새 200.

시간이 없어.

남은 MP는 겨우 400이었다.

20초 안에 끝낸다!

무혁의 눈동자가 차갑게 가라앉았다.

스팟.

그러곤 눈에 보이는 선을 쫓아 움직이며 외눈박이 거인의 주변을 맴돌았다. 무혁의 손에 들린 검이 놈의 전신을 난도질하기 시작했다.

두 번의 충격파로 HP가 바닥으로 떨어졌다. 윈드 스텝으로 움직이면서 인벤토리에서 포션을 꺼내어 삼켰다.

[HP(100)가 회복됩니다.]

시간이 없어……!

여기서 멈출 수는 없었다.

움직여야만 했다.

무혁의 HP나 MP가 먼저 바닥이 나느냐, 아니면 놈이 쓰러지느냐. 결과는 오직 그 두 가지 중에 하나이리라.

버텨라. 제발.

이미 외눈박이 거인도 만신창이였다. 발 하나는 기능을 대부분 상실하여 비틀거리기 일쑤였고 중심을 잃고 넘어지는 게 다반사였다. 그럼에도 몬스터이기 때문일까. 놈에게는 추하다는 개념이 없는 것 같았다. 양손으로 바닥을 짚으면서 돌아다니는데 어째 그 모습이 더 공포스러웠다.

크워어어어!

그럼에도 무혁의 시선은 흔들리지 않았다.

알고 있기 때문이다.

저건, 마지막 발악일 뿐이야.

거리를 좁히며 치열한 사투를 벌이려는 순간이었다.

"……!"

움직임이 멎어버렸다.

느렸던 세상이 본래의 속도로 돌아왔다.

MP가 바닥난 것이다.

[윈드 스텝의 사용을 종료합니다.]

충분히 멀었던 거리의 외눈박이 거인이 어느새 지척에 도달했다.

화아악.

피할 엄두가 나지 않았다.

"하아아압!"

그 순간 기합과 함께 다가온 그림자.

쿠웅.

유라가 무혁을 대신해서 공격을 받아냈고.

"파이어, 윈드!"

뒤이어 성민우의 정령들이 나타나 놈을 타격했다.

이들이 함께하고 있음을 잊고 있었다.

"뭐해! 빨리 안 빠지고!"

"빨리 빠져요!"

멍청하게도 혼자 감당하려고만 했다.

뒤로 물러난 무혁은 한층 더 깊어진 시선으로 외눈박이 거인을 쳐다봤다. 그 눈빛에는 죽이고자 하는 의지 역시 보다 더 짙어진 상태였다.

스윽.

검과 방패를 넣고 지팡이를 꺼냈다.

죽은 자의 축복.

외눈박이 거인에게 직격하는 대미지를 선사했다.

[760의 대미지를 입힙니다.]

뒤이어 활을 꺼내어 화살을 시위에 걸었다.

강력한 활쏘기.

감겨버린 눈을 노렸다.

퍼억.

정확하게 명중했다.

[크리티컬이 터집니다.]
[582의 대미지를 입힙니다.]

뒤이어 성민우의 정령들이 공격을 퍼부었고 어느새 거리를
좁힌 유라가 검을 아래로 강하게 그어버렸다. 뿜어진 바람이
칼날처럼 외눈박이 거인을 헤집고 들어갔다.

뒤이어 들려오는 소리.

쿠웅.

충격파인가 싶었으나 아니었다.

"아……."

외눈박이 거인, 놈이 쓰러지는 소리였다.

[경험치가 상승합니다.]

[레벨이 올랐습니다.]

['붉은 탑'을 클리어하셨습니다.]

[클리어 보상을 획득합니다.]

뒤이어 메시지가 떠올랐다. 참으로 질긴 전투였으며, 또 지독한 싸움이었다. 그 시간들을 인고하여 결국 열매를 획득했다.

"하, 하하……."

그 열매가 참으로 달콤했다.

먼저 업적과 워프 게이트의 활성화.

[위브라 제국의 공헌도(300)를 획득합니다.]

[워프 게이트가 활성화됩니다.]

무려 300의 공헌도였다.

이미 창고를 살펴본바, 어떤 아이템을 얻을 수 있는지 이미 알고 있었다. 그중에 하나만 얻게 되더라도 상당히 흡족하리라. 게다가 워프 게이트가 활성화가 되어서 저걸 사용하면 곧바로 위브라 제국의 신전으로 이동이 가능했다.

여기에 칭호.

[붉은 탑의 첫 정복자]
-모든 스탯+2
-HP(200) 상승
-MP(200) 상승

처음이라는 단어가 붙은 타이틀다웠다. 그간의 노력이 헛되지 않은 기분이랄까. 물론 끝이 아니다. 아주 흡족한 수준의 아이템도 얻었다.

[마법의 구슬(×3)]
원하는 스탯 1개를 증가시켜 준다.

마법의 구슬이 무려 3개였다.
뿐인가.

[마법의 상자(×1)]
원하는 부위의 아이템 1개를 획득한다.

감탄밖에 할 수 없었다.
원하는 부위라니!

"후아."

붉은 탑에서 지낸 시간이 정말로 길었지만 이 정도라면 그 보상으로 충분하고도 남았다. 옆에 있는 성민우도, 그리고 마지막까지 남아 사투를 치른 유라도 입을 떡하니 벌릴 정도였으니 더 말해서 무엇 하겠는가.

"저, 저기……."

"네?"

유라가 다가왔다.

"그쪽도 마법의 구슬이랑 상자 받았어요?"

"그럼요."

"아, 아아……."

이 정도 보상을 받은 게 처음인 모양이었다.

뭐 레벨이야 높지만 던전을 발견하는 게 쉬운 일은 아니니까.

혹여 발견하더라도 이미 길드가 찾아내어 주변 사냥터를 점령하고 있을 가능성도 높았고, 결국 극히 일부를 제외한 나머지 유저들은 던전이라는 컨텐츠를 한 번도 즐겨보지 못했으리라. 그나마 탑 컨텐츠가 일반 유저들이 즐기기에도 크게 무리가 없었다.

입장에 제한이 없으니까.

그때 성민우가 헤벌쭉하게 웃었다.

"야, 대박!"

"왜?"

"나 아이템 엄청 괜찮은 거 떴어!"

"그래?"

그 말에 무혁도 상자를 열었다.

['마법의 상자'를 개봉합니다.]

[원하는 부위를 선택해 주십시오.]

잠시 고민하다가 바지를 택했다. 상자가 회전하기 시작했다.

화아아악.

이내 빛이 뿜어지더니 회전하던 상자가 사라지고 그 자리에 가죽바지가 나타났다.

['아란칼의 가죽바지'를 획득합니다.]

이름부터가 범상치 않았다.

아란칼?

곧바로 옵션을 확인했다.

[아란칼의 가죽바지]

방어력 15

체력 +5

추가 방어력 +10

HP(250)

내구도 280/280

사용 제한 : 힘 40, 체력 40

옵션이 상당히 뛰어났다.

호오.

게다가 사용 제한도 무난했다. 작렬하는 강철갑옷보다 하위의 옵션이긴 했지만 한동안, 아니, 생각보다 긴 시간 동안 이보다 더 괜찮은 바지를 구할 자신은 없었다. 그 정도로 뛰어났다. 옵션도 딱 내가 원하는 체력과 방어력 위주였다.

급류하는 하의, 착용 해제.

[급류하는 하의, 착용을 해제하시겠습니까?]

[Yes/No]

예스를 택한 후 아란칼의 가죽바지를 착용했다.

[아란칼의 가죽바지를 착용하셨습니다.]

크게 증가한 HP와 방어력을 보며 흡족하게 웃었다.

"뭐야, 왜 웃어?"

"나도 괜찮은 거 떠서."

"방금 갈아입은 바지?"

"어."

"크으, 좋네. 나는 견갑이 없어서."

"견갑 좋지. 구슬은?"

"아직. 어디에 쓸지 고민이다. 넌?"

무혁은 크게 고민하지 않았다.

바로 쓸 필요는 없으니까.

조금 더 생각을 한 후에 결정을 내리기로 했다.

혹시 아는가. 정말 원하는 아이템이 떴는데 제한 옵션 1개 차이로 인해 착용을 못 하는 상황이 올지.

그럴 때 사용하면 딱이지.

"난 좀 아껴두게."

"어? 왜?"

설명을 해주니 성민우가 고개를 끄덕였다.

"으음, 그렇구나. 좋아, 그럼 나도 아껴야지!"

"그럼 이제 나가야지."

"오케이!"

그러면서 옆에 있는 유라를 쳐다봤다.

"저기요."

"네……?"

"이제 나가죠."

"아, 그래야죠."

그렇게 셋이서 구석에 놓인 워프 게이트로 향했다.

마법진 위에 오르는 순간.

[워프 게이트를 발동합니다.]

[5, 4⋯⋯.]

카운트 메시지가 떠올랐다.

[3, 2, 1.]

카운트가 제로가 되자 바라보던 세상이 변했다. 칙칙한 분위기의 홀이 아니라 밝고 활기찬 분위기의 신전이었다.

제4장
동창회

일루전 홈페이지.

유저들의 게시물이 폭증했다.

[제목 : 아, 놔. 이제 2층 올라갔는데 클리어라니! 도대체 누구야! 겁나 빡돌게 만드네, 진짜.]

[제목 : 허어, 어제 일루전의 세계보고 붉은 탑에 도전하기 시작했는데……]

[내용 : 역시 가디언 길드나 다크니스 길드 중에 하나겠지? 근데 이정도로 이슈가 되면 입장 발표 정도는 하지 않나? 그러면 명성, 인지도가 올라가서 그 길드에도 이익일 텐데?]

[제목 : 어쩌면 비공식적으로 누군가가 클리어한 걸지도……]

[제목 : 붉은 탑, 이제 못 가나요?]

[제목 : 이번 주 일루전의 세계 보면 답이 나오려나?]

분명히 부정적인 글이 많았다.

그런데 왜일까.

무혁이 올린 게시물의 조회 수가 증가하는 까닭은?

물론 무혁은 조회 수가 증가하고 있다는 사실을 알지 못했다. 현재 홈페이지를 볼 수 있는 상황이 아니었으니까.

"하아……."

그의 한숨 소리가 크다.

도대체가…….

붉은 탑의 공략도 끝났으니 이제 성민우와 함께 필드 몬스터를 사냥하면서 느긋하게 70레벨을 달성할 계획이었다. 그 계획대로라면 지금은 일루전에 접속해서 몬스터를 사냥하고 있어야 하는 것이 맞다.

그런데 왜……!

무혁이 고개를 들었다. 눈앞에 아름다운 여성이 있었다.

"뭘 봐요?"

유라였다.

이 여자와 내가 단 둘이서 카페에 있냐 이거지.

무혁은 씁쓸하게 웃으며 대꾸했다.

"그쪽이 불러서 나왔는데 뭘 봐요라니. 좀 이상하지 않아요?"

"그, 그거야……."

"그건 그렇다고 치고. 왜 불렀어요?"

"그게, 그러니까."

유라는 한참이나 망설였다. 아까부터 이런 식이었다.

하아, 답답하네.

결국 지루함을 참지 못하고 휴대폰이라도 보려는 순간이었다.

"고마워요."

의외의 말에 몸이 굳어졌다.

"네?"

"고, 고맙다구요!"

그 순간만큼은 얼굴이 홍당무처럼 새빨갛게 변한 그녀의 모습이 참으로 귀엽게 느껴졌다. 순간 흠칫한 무혁이 고개를 세차게 흔들었다.

내가 무슨 생각을.

무혁도 괜히 부끄러워졌다.

"크흠."

괜히 헛기침이 나왔다.

"뭐, 별거 아니었으니 신경 쓰지 마세요."

"그래도 인사는 해야죠."

"그럼 이 커피는 인사 대신인 거네요."

"네? 아, 아니에요. 이런 걸로 무슨……."

"그래요?"

"네. 나중에 제대로 대접할게요. 덕분에 살아남기도 했고 보상도 엄청나게 받았으니까요."

그게 편하다면야. 무혁은 딱히 거절할 이유를 찾지 못했다.

"그런데요."

"네."

그 순간 그녀의 분위기가 변했다.

살짝 상체를 숙이고 날카롭게 시선을 빛낸다.

"도대체 어떻게 안 거예요?"

"뭐가요?"

괜히 식은땀이 흘렀다.

"7층에 올랐을 때 왜 눈을 공격하지 말라고 한 거죠?"

지금까지는 평범한 여성 유저였고 또 인사를 받는 자리였다면 지금부터는 방송 프로그램 '일루전의 세계' MC를 맡고 있는 프로와의 만남이었다.

어떻게 이렇게 한순간에 달라질 수 있단 말인가.

꿀꺽.

본인 스스로도 모르게 침을 삼킨 무혁은 기존에 생각해 뒀던 말을 풀었다.

"별거 아니에요. 예전에 눈 하나만 있는 몬스터를 상대했던 경험이 있었는데 그 녀석은 눈을 다치면 더 난폭해지더군요. 그래서 7층의 보스도 비슷하지 않을까 우려되는 마음에 언급했던 것뿐이에요."

왠지 국어책을 읽는 기분이 들었다.

"흐음, 그래요?"

"네."

"그 몬스터 이름이 뭐였는데요?"

"가베로라는 몬스터예요."

"가베로……."

고개를 끄덕인 그녀가 휴대폰을 꺼내더니 가베로라는 이름을 저장했다. 그 모습을 보는 순간 무혁의 미간이 찌푸려졌다. 마치 취조를 받는 기분이랄까. 그제야 정신을 차렸다.

"기분이 나쁘네요."

"네?"

"인사하러 온 겁니까, 아니면 취조하러 온 겁니까?"

"아, 그런 뜻이 아니라……."

"고마우면 고맙다고 말하고 끝내세요. 뒤이어서 꼬치꼬치 따지면서 묻지 말고요."

"죄, 죄송해요."

"뭐, 됐습니다. 인사도 받았으니 이만 가 보겠습니다."

몸을 일으킨 무혁이 카페를 벗어났다.

"저, 저기요!"

그녀가 쫓아왔지만 무시했다. 괜히 더 있었다가 분위기에 휩쓸리면 쓸데없는 말을 뱉어낼 우려가 있었기 때문이다. 방금 전에도 마찬가지였다. 그녀가 묻는 말에 참으로 쉽게 대답했다. 사실 대답하지 않아도 상관없는 문제였는데 말이다. 뒤늦게 취조하는 기분이 들어서 정신을 차렸지만 아니었다면 지금까지도 국어책을 읽듯이 주절거리고 있었을지도 모른다.

그 와중에 비밀스러운 정보를 발설하는 실수라도 한다면?

그러니 지금은 피하는 게 상책이었다.

후우, 무슨 여자가……:

대중의 사랑을 받아본 여자이기 때문일까. 그녀는 참으로 사람의 마음을 빨아들이는 마력을 지니고 있는 것 같았다.

답답한 공간을 벗어나 드디어 필드로 나섰다.

"후아, 탑에서 나오니까 참 맑고 좋네."

"진짜 좋다."

일루전의 하늘. 끝도 없이 펼쳐진 초원. 그리고 불어오는 바람. 보는 것만으로도 힐링이 되었다.

"탑이 지겹긴 했지."

"크으, 보상도 진짜 좋고 레벨도 많이 올렸는데 엄청 오래 걸리긴 했어."

그 말에 절로 수긍이 갔다. 탑에서만 몇 레벨을 올린 거지? 시작할 때만 해도 52였나? 그런데 지금은 무려 66레벨이었다. 성민우의 레벨도 64였으니 얼마나 오랫동안 붉은 탑에서 레벨을 올렸는지 알 수 있었다.

"자, 그럼 이제 필드에서 한동안 자유를 누려볼까!"

"좋지."

이번 사냥터는 멀지 않았다. 워프 게이트로 이동한 작은 마을에서 10분만 걸어가면 되기 때문이다.

"다 왔네."

"여기야?"

"어."

"들판이네."

유저도 거의 보이지 않았다. 시야에 들어오는 유저의 수가 대략 이십여 명?

하긴, 69레벨 몬스터니까. 게다가 일반 유저한테는 엄청 까다로운 몬스터이기도 하다.

"저 녀석이야."

"으, 징그럽네."

멀지 않은 곳, 이곳의 몬스터 자브라 한 마리가 특유의 소리를 내며 다가왔다.

뱀의 형상을 한 인간형 몬스터라고 해야 할까. 웨어 울프나 웨어 타이거와 비슷하다고 보면 될 것이다. 아무튼 갑옷을 입고 창과 방패를 지닌 뱀 얼굴의 몬스터 자브라는 분신을 사용하는 특성을 지니고 있었는데 이게 생각보다 까다로웠다.

"소환."

무혁과 성민우가 소환수를 꺼냈다.

치리릭.

그사이 더욱 거리를 좁힌 지브라가 창을 내뻗었다. 그러자 전방에 두 마리의 분신이 생성되더니 소환수를 뛰어넘어 무혁과 성민우를 직격으로 노렸다. 뻗어오는 창을 보며 방패를 내밀었다.

카강!

적지 않은 피해를 입으면서도 지휘를 했다.

검뼈, 앞으로.

활뼈, 연사.

성민우의 정령도 본체로 다가갔다.

그 순간 무혁과 성민우를 공격하던 분신이 본체의 앞쪽에 나타나더니 방패로 본체를 뒤로 밀어버렸다. 본체가 허공을 부유하는 사이 거리를 좁힌 정령과 검뼈는 그 자리를 대신 차지하고 있는 분신의 공격을 받았다.

"와, 딱 봐도 까다롭겠는데?"

"우린 소환수가 많아서 괜찮아."

"저렇게 잘 피해도?"

"수에는 장사 없는 법이지."

그 말과 함께 무혁의 섬세한 지휘가 시작되었다.

검뼈들이 사방으로 촤르륵 하고 퍼졌다.

키릭, 키리릭!

지혜가 높아진 덕분인지 명령이 꽤 복잡했음에도 불구하고 소환수들이 상당히 잘 이해했다. 덕분에 마치 유저들처럼 유기적인 움직임으로 자연스럽게 사방으로 퍼질 수 있었다. 물론 아직은 어설픈 부분이 보였지만 그런 부분도 시간이 지날수록, 지혜가 높아질수록 서서히 교정되어 갈 것이다. 아무튼 지금은 충분히 만족스러웠다.

좋아.

꽤나 큰 원을 그려 지브라가 도망칠 수 없도록 포위망을 만들었다.

그 사이사이에 검뼈와 메이지를 배치한 후 강화뼈 두 마리를 지브라의 본체로 보냈다.

"넌 분신 좀 맡아줘."

"오케이!"

성민우의 정령이 분신을 공격했고 강화뼈 두 마리가 본체에게 압박을 가했다. 그러다 분신이 다가와 본체를 방패로 밀어내면 떨어질 곳을 예측하여 뼈 화살을 날려 보냈다. 물론 방패로 잘 막아내는 본체였지만 연이은 화살과 때때로 쏟아지는 마법의 세례에 정신이 혼미해질 수밖에 없었다.

치리릭!

분신의 도움을 받아 이리저리 도망치려 애쓰기도 했지만 그럴 때마다 검뼈가 단체로 움직이며 놈이 거대한 원에서 벗어나지 못하도록 만들었다. 결국 포기한 지브라가 공격을 시도했으나 무혁과 성민우에게는 제대로 된 피해를 입힐 수 없었다. 무혁과 성민우의 신체적인 능력이 결코 놈에 비해 뒤떨어지지 않았고 또 주변에 있는 소환수의 도움을 지속적으로 받았기 때문이다.

일반 유저에게 매우 까다롭다고 알려진 지브라였으나 무혁과 성민우에게는 상대가 되지 않았다. 차라리 힘이나 파괴력으로 밀어붙이는 몬스터가 더 까다롭다. 그런 녀석들에게는 몇 번의 공격만 당해도 소환수가 부서져 버리기 때문이다. 그렇기에 분신을 이용한 컨트롤로 상대를 말려 죽이는 지브라는 무혁과 성민우에게는 오히려 아주 쉬운 녀석이었다. 일종의 천적이랄까.

"파이어!"

늑대의 형상을 한 불의 정령이 놈의 목을 물어뜯었다.

콰직.

결국 버티지 못한 지브라가 힘을 잃고 쓰러졌다.

[경험치가 상승합니다.]

무혁은 지브라에게 다가가 사체 분해를 했다.

[사체 분해를 마칩니다.]
[지브라의 뼈(x1)를 획득합니다.]

뼈의 정보를 바로 확인했다.

[지브라의 뼈]
특성 : 민첩

지브라 뼈의 특성은 민첩이었다.

으음.

민첩이야 높으면 좋지만 대신 뼈를 교체하면서 힘이나 체력이 떨어질 염려가 있었다.

무엇을 우위에 둘 것인가.

활뼈는 힘이 중요하고 검뼈는 힘, 민첩, 체력 모두가 중요했다.

지금은 민첩이 낮은 편이지.

고민끝에 민첩이 유독 낮은 검뼈를 위주로 뼈를 교체하기로 했다.

검뼈7, 앞으로.

놈의 뼈를 뽑았다.

[검뼈7의 체력(0.16)이 하락합니다.]

뽑은 자리에 지브라의 뼈를 꽂았다.

[검뼈7의 민첩(0.44)이 증가합니다.]

생각보다 상승률이 높았다.

확실히 민첩이 낮아서 오르는 정도가 크네.

만족하며 다시 사냥을 이어가려는데.

"참, 근데 내일 뭐 하냐?

성민우가 말을 걸어왔다.

"내일?"

"응."

"뭘 하긴. 사냥해야지."

"내일은 쉬자."

"약속 있냐? 혼자 사냥하고 있을 테니까 아무 때나 접속해."

"아니, 그게 아니고."

"그럼?"

"내일 고등학교 동창회야."

그 말에 무혁이 고개를 갸웃거렸다.

"지나지 않았어?"

"미뤄졌어. 내일로."

"아, 그래? 딱히 관심은 없는데."

"야, 그러지 말고. 한번 갔다 오자. 애들 거의 다 일루전 하고 있다더라."

"흐음……."

무혁은 썩 내키지 않았다.

왜지?

곰곰이 생각해 본 결과 귀찮다는 결론이 나왔다. 예전이라면 껄끄럽다고 여겼을 것이다. 소심하고 눈치만 보던 시절에는 분명히 그렇게 생각했을 터였다. 하지만 지금은 단지 귀찮을 뿐이었다. 그래서 애매한 태도를 취했는데 그게 성민우를 자극했다.

"가도 상관없잖아, 그치?"

"그건 그런데……."

"일루전만 하면 병난다."

"……."

"오랜만에 사람도 만나고 바람도 쐬고 그러자. 됐고, 내일 오후 5시다. 그때까지는 사냥하고 4시 되면 같이 나가서 준비하고 만나서 출발하자."

성민우가 그렇게 결론을 내려 버렸다.

다음 날 아침부터 지브라 사냥을 이어갔다.

저녁 시간을 비워야 한다는 생각이 들어서일까. 평소보다 훨씬 하드에게 움직였음에도 불구하고 성민우는 불평 한마디 하지 않았다.

4시까지만 버티면 되니까.

"휴식 끝."

"으으."

덕분에 뼈도 많이 획득했다. 얻을 때마다 뼈 조립 스킬을 사용했다.

[검뼈12의 힘(0.16)이 하락합니다.]
[검뼈12의 민첩(0.34)이 상승합니다.]

중간에 점심을 먹고, 30분 만에 다시 접속해서 또다시 사냥을 했다. 휴식을 취하던 무혁이 다시 몸을 일으키려는 순간이었다.

"잠깐!"

"왜?"

"지금 4시야!"

"벌써?"

"그래. 4시라고, 4시!"

"시간 참 빠르네."

"빠르긴! 힘들어 죽을 뻔했구만!"

무혁이 어깨를 으쓱거렸다.

"아무튼 로그아웃한다. 알지?"

"그래."

성민우의 모습이 흐릿해지며 사라졌다. 무혁도 로그아웃을 했다. 현실로 돌아오자 가장 먼저 캡슐의 천장이 보였다. 버튼을 누르자 캡슐이 열렸다.

치이익.

몸을 일으킨 후 캡슐에서 나왔다.

"후아."

가볍게 스트레칭을 해준 후 하얀 티에 갈색 면바지를 입었다. 그 위에 산뜻한 느낌의 재킷을 걸친 후 전신거울로 스스로의 모습을 확인했다.

흐음, 뭐……

썩 나쁘지 않았다. 이후 신발을 신고 집을 나선 후 주차장에 세워놓은 BMW 520d에 올라탔다.

시동을 걸자.

부으으웅.

정숙하면서도 위엄 있는 엔진 소리가 울렸다. 절로 미소가 그려졌다. 좋긴 좋구나.

천천히 도로로 나아갔다.

성민우와 약속했던 동네 카페 앞, 차를 세워놓고 조금 기다리니 저 멀리 성민우의 차량 BMW 320d가 등장했다. 무혁이 BMW 520d를 구입하고 얼마 지나지 않아 결국 참지 못하고 기존의 차량을 중고로 팔아버린 후 신차를 리스한 것이다. 무혁이 구입했던 매장에서 재차 구입한 것이라 최고 대우의 혜택을 받은 것은 물론이고 얼마간의 보증금을 넣어 리스비가 상당히 낮아졌다. 덕분에 크게 무리하지 않는 선에서 계약이 이뤄진 것이다.

"먼저 왔네."

"그럼."

"크으, 둘 다 BMW라니."

성민우가 가슴을 떡하니 내밀었다. 평소 활발한 녀석이긴 했지만 정말 친한 사이였기에 남들이 보지 못 하는 부분을 알고 있었다. 보이는 것과는 달리 많은 부분에서 어깨를 움츠리던 녀석이었다. 술 한잔을 걸치며 속내를 털어놓았을 때 그랬던가. 지갑이 얇으니 자신감이 사라지더라고.

지금은 일루전에 올인하면서 회사원보다 훨씬 괜찮은 돈을 번 것은 물론이고 던전과 탑을 클리어하면서 얻게 된 보상으로 미래를 확신하게 되었다. 그게 아마도 자존감을 세워줬을 것이다. 예전보다 훨씬 보기 좋았다.

"이 정도면 성공했다."

"그럼, 그렇고말고!"

앞으로 더 성공하리라. 그 말은 가슴속에 담아뒀다.

행동으로 보여주면 될 테니까.

"갈까?"

"아, 출발해야지. 5시까지니까."

성민우가 앞장을 섰고 그 뒤를 무혁이 따랐다.

두 대의 BMW가 도로를 질주했다. 물론 서울 도심이라 워낙 고가의 차량이 많아서 주목을 받지 못 하는 게 현실이었지만 무혁과 성민우 두 사람은 그래도 뿌듯한 심정을 감출 수 없었다.

잠시 후.

고등학교 동창회가 벌어지는 장소에 도착했다.

꽤 고급스러운 한식당이었다. 주차장에 차를 세우고 있는데 마침 한 대의 차가 더 들어왔다. 거기서 내린 녀석들을 보는 순간, 성민우가 크게 반겼다. 무혁도 살며시 미소를 띠었다. 유한열, 황인규, 그리고 배수환까지. 고등학교를 졸업하고 연락은 거의 못했지만 간간히 생각나는 녀석들이었다.

나쁜 기억도 없었고.

"어, 성민우?"

"이야, 겁나 반갑다!"

"넌…… 강무혁?"

"그래, 오랜만이네."

"우와, 이게 얼마만이야?"

"10년 넘었지."

"크으. 진짜 시간 많이 흘렀네. 연락하고 싶어도 연락이 되어야 말이지."

"그냥 죽은 듯이 살았지, 뭐."

"그래그래, 아무튼 왔으니까 이제 연락하고 지내자고."

무혁이 고개를 끄덕였다.

"자자, 그럼 들어가자고!"

"어, 근데……."

유한열이 고개를 갸웃거렸다.

"이거 누구 차냐?"

그 물음에 성민우가 크게 웃으며 등장했다.

"크큭, 이 몸의 것이다."

"BMW 5시리즈 끄는 거야?"

"아, 그건 무혁이 차."

"허얼, 대박이네. 그럼 넌 3시리즈?"

"그렇지!"

"아버지 차는 아니지?"

"당연히 아니지!"

"크, 서른에 BMW라니. 성공했네?"

"성공은 무슨. 폐인이지, 뭐."

"무슨 소리야?"

"우리 일루전하고 있거든."

일루전 이야기에 나머지 두 사람도 눈을 빛냈다.

"그럼, 설마……."

"맞아. 일루전해서 번 돈으로 산 거야."

그 말에 다들 입을 떡하니 벌렸다.

"레벨이 몇이기에 그게 가능해?"

"그건……."

그때 안에서 누군가가 나왔다. 이번 동창회를 주도한 한성
렬이었다.

"여, 왔어?"

"어, 다 모였냐?"

"거의. 어, 넌……"

"오랜만이다."

"이야, 진짜 오랜만이네. 강무혁, 맞지?"

"그래."

"올해는 세 명이나 왔네. 일단 들어가서 자리부터 잡아."

"아아, 오케이!"

무혁과 함께 걸어가던 성민우가 뒤를 돌아봤다. 유한열, 황인규, 배수환이 보였다.

"자세한 건 들어가서 얘기하자."

"아, 그래."

세 사람 모두 궁금한 표정을 지으며, 식당 안으로 들어갔다. 복도의 끝으로 향하니 따로 마련된 큰 방이 있었다. 그곳에 친구들이 모두 자리를 잡고 왁자지껄하게 떠들고 있었다. 그중에 한 사람이 무혁의 미간을 찌푸리게 만들었다.

허영찬이었다. 그 역시 무혁을 발견했는지 인상을 찌푸리며 고개를 획 하니 돌려 버렸다. 무혁도 그 편이 차라리 편했다.

"자자, 거의 다 온 것 같은데."

한성렬의 말에 모인 이들이 주변을 살폈다.

"올해 처음으로 동창회 오는 사람 있지?"

그 말에 몇 사람이 움찔했다.

"선우, 진구, 무혁이. 셋은 오랜만이니까 일어나서 얼굴이나 보자."

무혁이 먼저 일어났다. 모두의 시선이 집중되었다.

"오랜만이다."

"이야, 강무혁! 진짜 오랜만인데?"

곳곳에서 소리가 들려왔다.

"진작 오지!"

"뭐 하고 살았어?"

한상렬이 박수를 쳤다.

"자자, 이야기는 조금 있다 하고. 다음은 선우."

그렇게 세 사람이 인사를 마치고 자리에 앉았다.

"나머지는 소개는 안 해도 되지?"

"당연하지!"

"좋아, 음식부터 주문하자고."

다들 통일하여 1인당 3만 원의 가격인 수라상으로 주문을 했다.

"회비 한번이라도 냈던 사람은 안 내도 되고. 회비 안 낸 사람은 3만 원 내야 돼! 회비 낸 사람 명단 있으니까 속일 생각은 하지 말고!"

"우우, 그런 걸로 누가 속이냐!"

"한성렬, 많이 소심해졌다!"

오랜만에 모여서 그런지 무슨 말을 들어도 이상하게 즐거웠던 탓이었다.

"자, 마지막으로 건배만 하고 끝내자!"

다들 잔에 소주를 채웠다.

"오랜만에 만난 친우를 위하여!"

"위하여!"

그렇게 술 한잔을 마신 후 각자 자리 잡은 곳 주위에 있는 친구들과 대화를 나눴다. 그러다 오랜만에 만나는 반가운 녀석을 발견하고 그 옆에 앉기 시작했다. 한 사람이 그러니 다른 사람도 이동했고 서서히 퍼지면서 대부분이 한번씩은 자리를 옮기게 되었다. 정신을 차리고 보니 무혁과 성민우도 입구에서 만난 세 사람과 한 테이블을 사용하고 있었다.

그 덕분일까. 오랜만에 무혁도 마음 놓고 편히 웃었다.

일상적인 이야기부터 시작했다.

"뭐 하고 살았냐?"

"나야 뭐……."

"겨우 회사에 입사는 했는데……."

가벼운 안부에서 힘든 사회생활에 대한 고충까지, 이런저런 이야기들이 쉬지않고 이어졌다.

"지금은 일루전 덕분에 산다, 진짜."

"나도. 예전에는 저녁 8시가 되도 부장이 퇴근을 안 하니까 눈치가 보여서 억지로 야근하고 그랬는데 요즘엔 그런 거 없어. 부장이고 차장이고 전부 일루전 해야 되니까 5시만 되면

바로 일어나더라고. 덕분에 우리도 눈치 안 보고 칼퇴하기 시작했지."

"그런 좋은 점이 있었네."

"크크큭."

그런 이야기를 하다 보니 자연스럽게 일루전으로 화제가 넘어갔다. 일루전 이야기가 나오면서 입구에서 말했던 게 떠올랐는지 황인규가 물어왔다.

"참, 일루전으로 돈 번다는 건 뭐야?"

"아, 나 취준생하다가 이 녀석이랑 일루전으로 돈 벌기 시작했거든."

"무혁이랑?"

"응."

"레벨이 몇인데?"

"내가 64고 이 녀석은 66."

"허얼? 66이라고?"

"응, 높지?"

"높은 정도가 아닌데? 완전 어마어마하잖아. 그 정도면 거의 0.1퍼센트 아니냐?"

"그 정도?"

0.1퍼센트라고 하니 감이 잘 안 오는 모양이었다.

나머지 둘은 고개를 갸웃거렸다.

"몇 위에 드는 거야?"

"대략 랭커 100만에 드는 수준?"

"헐, 100만?"

"어."

"그게 0.1퍼센트라고?"

"와, 진짜 일루전이 대단하기는 하네. 0.1퍼센트가 100만 명이라니⋯⋯."

그때 배수환이 조심스레 물었다.

"이런 거 물어도 되나?"

"뭐?"

"그 정도 레벨이면 한 달에 얼마나 벌어?"

성민우는 자신을 기준으로 말했다.

무혁은 조금 예외적이었으니까.

"으음, 나 같은 경우는 지난달에 200 정도 벌었고 이번 달에는 1,100 정도?"

이번 달에 제작한 환희의 방패 덕분이었다.

사용 제한이 붙어 있지 않아 700골드에 판매할 수 있었으니말이다.

"허업, 이번 달에 1,100만 원?"

"응, 대박이지?"

게다가 엊그제는 붉은 탑도 클리어했다. 덕분에 300골드 정도의 가치를 지닌 아이템을 얻었다. 그것까지 한다면 1,400만원이었지만 아직 판매하지 않았기에 포함하지 않았다.

"대박 정도가 아니잖아, 그건."

"천만 원이라니……."

"그 정도였구나."

"진짜 방송에 나오는 랭커들은 어마어마하게 벌겠네."

솔직히 그 랭커들에 관해선 성민우도 알지 못한다.

다만 한 가지.

"상상 하기 힘들 정도겠지."

그럴 것이라 짐작할 뿐.

그때였다. 그리 멀지 않은 테이블에서 큰 소리가 들렸다.

"진짜?"

"엄청나다!"

모든 이의 친구들의 시선이 그곳으로 향했다. 무혁도 예외
가 아니었다.

스윽.

동시에 미간이 살짝 일그러졌다. 그 테이블에 허영찬이 있
었던 탓이다.

"얘들아, 대박이야!"

"뭔데?"

"허영찬, 일루전 레벨이 60이래!"

그 소리에 몇 명이 자리에서 벌떡 하고 일어났다.

"60?"

"그 거짓말, 진짜냐!"

허영칠이 으쓱한 표정을 지었다.

"뭐, 레벨은 진짜야. 뭘 이런 걸로 놀라고 그래?"

"와아, 우리 중에 너 정도 레벨 없을걸?"

"에이, 한 명 정도는 있겠지."

"설마……."

"그보다 그 정도 고레벨이면 길드도 좋은 곳이겠네?"

"당연하지. 지금 있는 곳은 그냥 그렇긴 한데 날 열심히 밀어주고 있어서 있는 거고. 포르마 대륙에서 10대 길드에 이름 올린 몇 곳에서 스카웃이 들어오고 있긴 해."

물론 진짜인지 확인할 길은 없었다. 허세일 확률이 높았다.

"크으, 부럽다."

그 소리에 유한열과 황인규, 배수환이 중얼거렸다.

"저 녀석은 예전이랑 똑같네."

"자기 자랑?"

"크큭, 너도 느꼈냐?"

"모르는 사람이 있겠어?"

"맞아. 다 알걸."

"고3때부터 저랬으니까. 그래도 60레벨이면 대단하긴 하네."

그러면서 앞에 있는 무혁과 성민우를 쳐다봤다.

"너희 둘보다는 못하지만."

"자기보다 레벨 높은 거 알면 엄청 창피해할 것 같은데?"

배수환이 낮게 중얼거렸다.

"말해도 되나?"

"야, 야. 됐어. 뭘 그런 걸로."

"그래도 알 건 알아야지."

"신경 꺼. 우리끼리 이야기나 더 하자."

성민우가 극구 고개를 저었다.

"쩝, 그래. 네가 싫다면야."

결국 화제를 돌려 다시 그들끼리의 대화를 이어 나갔다.

"아무튼 내가 말이야……."

"난 일루전에서……."

무혁은 주로 듣는 편이었다. 그렇다고 무혁을 가만히 둘 녀석들은 아니었다. 처음에는 가장 레벨이 높은 만큼 경험한 것도 많을 것이라 여기고 몇 가지만 물어봤다. 그런데 그 질문들에 막힘없이 척척 대답을 하니 조금씩 질문의 난이도가 올라갔다. 무혁역시 알려줘도 크게 탈이 없는 정보에 한해서만 대답했다.

그것만으로도 이들에게는 놀라움의 연속이었으리라.

그 탓일까. 그들의 질문이 쉴 새 없이 이어졌다.

"그런 말이 있던데 사실이야?"

"응, 일반 던전은 100명. 특수 던전은 50명. 유니크는 30명. 그 숫자만큼의 인원이 클리어하게 되면 해당 던전이 사라져."

"아아, 던전이 진짜로 그렇구나."

"탑도 비슷해."

"나도 그건 홈페이지에서 봤어. 한 팀이라도 클리어하면 사라지는 거지?"

"맞아."

이번엔 유한열이 물었다.

"혹시 보스 몬스터에 대해서도 알아?"

"조금."

"허어, 완전 척척박사네."

"나도 정확힌 모르고."

"으음, 그러면 패턴에 대해서는?"

"몇 가지는 알아."

패턴에 대해서도 설명해 줬다.

"간단하게는 해당 지역의 몬스터를 정해진 수만큼 없애는 것."

"음? 그건 좀 이상하지 않아?"

하루에도 해당 지역의 몬스터 수천, 수만 마리가 죽어 나가기 때문이다.

"그 정해진 수가 대략 수백만 마리 혹은 수천만 마리라면 이상할 게 없지."

"아……."

"아니면 보스 몬스터 서식지 주변에 존재하는 모든 몬스터의 말살이라든가, 혹은 서식지 주변에 존재하는 유저가 모두 여자여야만 한다든가, 반대로 남자여야만 등장하는 경우도 있고."

"그런 패턴도 있어?"

"나도 주워들은 거라 정확하진 않아."

"허어······."

그래도 66레벨의 정보다. 절대 허투로 넘길 수 없었다.

그때 누군가가 다가왔다. 옆 테이블에 있던 배민규였다.

"여, 다들 여기서 뭐 해?"

"이야기 중이지."

배민규와도 나쁜 기억이 없었기에 반가운 편이었다.

"다들 저기로 갔는데?"

"아, 허영찬?"

"응, 일루전에 대해서 이야기하고 난리도 아니야."

그 말에 셋이 웃었다.

"그 웃음은 뭐야?"

"아니, 그냥."

"난 여기가 더 좋은 것 같아서."

"흐음, 그래? 뭐, 알았어. 아무튼 나도 저기로 가 봐야겠다. 이만!"

배민규가 가고 다섯이 서로를 쳐다봤다.

괜스레 나오는 웃음을 참으며 다시금 대화를 이어 나갔다.

한편.

허영찬은 수시로 무혁의 얼굴을 살펴보고 있었다. 레벨을 밝혔음에도 그는 반응이 없었다.

뭐야, 왜 가만히 있는 거지?

60레벨보다 높았다면 허영찬의 상식으로는 절대 가만히 있을 수 없었다. 당연히 내가 너보다 더 높다고 나서야 하는 게 아닌가.

그럼, 나보다 낮다는 건가?

그래서 더 주위에 자랑을 해댔다. 배민규에게는 일부러 가보라고 언급까지 했다. 그런데도 오지 않았다.

으음, 이 정도면…….

거의 확실하다는 생각이 들었다.

뭐야, 이 자식. 그때 그렇게 겁을 주더니. 다 헛소리였잖아!

괜히 심통이 났다.

"영찬아, 영찬아?"

"응?"

"무슨 생각을 그렇게 해?"

"아, 아니야. 저기 쟤들만 너무 떨어져 있는 것 같아서."

"아, 그냥 신경 꺼."

"그럴 수가 있나."

그러면서 몸을 일으켰다.

저벅.

당당한 발걸음으로 무혁에게로 나아갔다.

"오랜만이다?"

넷의 시선이 그에게 꽂혔다. 무혁은 가장 마지막에 고개를 돌렸다. 무심한 표정이 꽤나 차가웠다. 흠칫한 허영찬이었지만 그 정도 표정에 굴복하지 않았다.

"크흠, 너희들끼리만 뭐 하나 싶어서."

"어, 일루전 이야기."

"그래? 그러면 내가 있는 데로 와서 같이 이야기하지."

성민우가 애써 웃었다.

"거긴 사람이 너무 많으니까."

"그런가?"

되물은 허영찬이 갑자기 무혁의 정면에 털썩하고 앉아버렸다. 그 탓에 허영찬과 대화를 나누려던 사람들 모두가 그 테이블로 다가왔다. 그야말로 민폐였다. 그래도 무혁은 가만히 있었다. 마주 보이는 곳에서 한성렬이 웃으며 온 탓이다. 저 녀석 성격이면 알아서 정리를 해주리라 여겼다.

"이야, 일루전이 대단하긴 하네."

그러면서 허영찬을 쳐다봤다.

"레벨이 60이라고?"

"웅, 60이야."

"우와, 여기 전부 일루전 하지? 더 높은 사람은 없어?"

아무도 대답하지 않았지만 한성렬은 생각보다 많은 것을 알고 있었다. 나름 주최자로서 이곳저곳을 돌아다니며 이야기를 주워들은 탓이었다. 그중에는 무혁의 레벨도 있었다.

"참, 무혁아."

"웅?"

"넌 레벨 몇이야?"

"나……?"

마침 허영찬이 끼어들었다.

"그래, 너도 예전에 일루전 시작했잖아. 지금은 레벨 몇이냐?"

누가 봐도 시비조의 말투였다.

그 눈빛과 표정이 가만히 있으려고 했던 무혁을 자극했다.

"66인데?"

순간 침묵이 흘렀다.

"16?"

"아니, 육십육."

그 말에 모두들 경악하며 입을 벌렸다.

"66……."

60과는 차원이 다른 레벨이었다.

그 6의 레벨을 높이기 위해서 얼마의 시간을 더 투자해야 하는가. 정말 빠르게 레벨을 올려도 3주였다. 일반적으로는 1개월이 넘어가는 차이였다.

물론 가장 충격을 받은 사람은 허영찬이었다. 그는 과거 무혁의 레벨을 알고 있다.

마, 말이 돼……?

그때 분명 허영찬의 레벨이 46이었고 무혁의 레벨은 31이었다. 물론 그 31레벨을 2개월 만에 올렸다는 건 믿지 않았었다. 그래도 상당히 짧은 시간에 올렸을 거라는 생각이 들어서 자존심을 굽힌 게 사실이었다. 훗날 혹시라도 무혁이 랭커가 된다면 그때의 말이 비수가 되어 돌아올 수도 있었으니까. 하지만 시간이 지나면서 15레벨을 뒤집는 건 결코 쉬운 일이 아니라는 생각이 들었다. 그래서 오늘도 몇 번이고 확인을 거친 후에야 이렇게 다가온 것이 아닌가. 그랬는데 방금 이상한 말을 들었다.

"그 말…… 진짜야?"

"그래, 캡슐에 접속해서 보여줄 수도 있고."

"……."

처음에 만났을 때 무려 15레벨이나 차이가 났었다. 그 차이를 뛰어넘은 걸로도 모자라서 6레벨을 더 올렸다고?

믿을 수가 없었다.

하지만 그때 들린 배수환의 목소리에 더는 의심을 할 수도 없었다.

"던전이나 탑, 그리고 보스가 등장하는 패턴에 대해서도 엄청 많이 알고 있더라고. 게다가 몬스터 공략법도 장난 아니게 빠삭하던데? 난 지금 사냥하는 몬스터 공략법 듣고 까무러칠 뻔했다니까. 그 공략법대로만 하면 레벨 업이 어마어마하게 빨라지겠더라고."

단어 하나가 머릿속에 꽂혀왔다.

공략법……?

만약 정말 공략법을 알고 있다면?

그래서 속도가 빠른 거라면?

아……!

허영찬의 머릿속에 한 가지 가설이 세워졌다.

현재 엄청난 길드에서 후원을 받고 있다고.

그 길드에서 공략법을 비롯해 엄청나게 밀어주고 있다고.

그래야만 납득이 가는 수준이었으니까.

젠장, 무슨 실수를 한 거야!

허영찬의 태도가 순식간에 비굴해졌다.

"아, 하하. 그래?"

무혁이 무심히 그를 바라봤다. 그 무심함이 더 허영찬을 초라하게 만들었다.

"나보다 레벨이 더 높았구나. 대, 대단하네."

그의 말은 이내 묻혀 버렸다. 주변 친구들의 질문이 쇄도한 탓이었다.

"나도 공략법 알 수 있을까?"

"나도! 내가 지금 잡고 있는 몬스터가……."

사람이 너무 몰려서 갑갑해졌다. 마침 타이밍 좋게 한성렬이 박수를 쳤다.

짝짝!

엄청난 소리에 잠시 조용해졌다.

"이렇게 모이면 답답하잖아. 사람 죽일 일 있냐? 좀 떨어져서 차근차근 물어보라고."

하지만 질문이 너무 많았다. 몇 가지에 대답을 해줬음에도 끝이 보이질 않았다.

"미안, 나도 다 아는 게 아니라서."

그러면서 몸을 일으켰다.

"화장실 좀."

"아, 나도!"

성민우와 함께 인파를 빠져나왔다. 소변을 보면서 한숨을 쉰다.

"후우, 녀석들이 참."

"괜찮아. 일루전을 그만큼 즐긴다는 거니까."

딱히 기분이 나쁘진 않았다. 친구들의 관심을 받는다는 건, 부담이 되기는 하지만 사실 누구에게나 기쁜 일이었다. 그건 무혁도 다르지 않았다.

"그래?"

"어, 나름 괜찮네."

"크큭, 그치?"

성민우의 빠른 태도 변화에 실소가 나왔다.

"좋아. 그럼 오늘 제대로 놀아보자고!"

"그럴까."

무혁도 오늘만큼은 편히 놀아보기로 했다. 화장실에서 나와 다시 테이블로 돌아갔다. 그리고 소주 한 병 정도를 마셨을 즈음, 무혁의 무거웠던 입이 솜사탕처럼 가벼워졌다.

알려져서 좋을 게 없는 정보는 절대 언급하지 않았지만 나머지는 감출 것도 없이 술술 불어버렸다. 모두의 시선이 그에게 꽂혔다.

"나도 질문!"

"잠깐, 나부터야!"

오늘만큼은 누구도 부정할 수 없는 무혁의 날이었다.

눈을 뜨니 어느새 오후 1시가 넘어가는 시각이었다.

"으으……."

세수를 하고 물 한 잔을 마시며 정신을 차린 무혁은 성민우에게 전화를 걸었으나 받지 않는 것을 보고 이내 상황을 짐작했다. 알아서 일어나겠지.

속이 쓰리긴 하지만 이럴수록 아침은 먹어야 했다.

집을 나선 무혁은 해장도 할 겸 국밥을 먹은 후 헬스장 대신에 공원을 몇 바퀴 돌면서 굳은 몸을 풀었다. 대강 운동을 끝내고 집으로 돌아가 일루전에 접속해 혼자서 지브라를 사냥했다. 성민우와 정령들이 없어서 조금 더 귀찮아지긴 했지만 시간만 더 투자하면 충분했기에 느긋하게 전투를 이어 나갔다.

[경험치가 상승합니다.]

몇 마리나 잡았을까.

어제 로그아웃을 했던 자리에서 성민우가 나타났다.

"언제 접속한 거야?"

"한 두 시간 전에."

"으으, 일찍 일어났네."

"네가 늦게 일어난 거겠지."

투덜거리는 성민우를 이끌고 사냥을 시작했다.

키아아악!

포효하는 지브라의 소리가 지겹다.

왜냐고?

지금 둘의 머릿속은 용병 의뢰로 가득한 상태였으니까.

"경험치 얼마나 남았어?"

"어, 5퍼센트 정도."

"오늘 끝내자."

"오케이."

레벨이 65가 되어야만 괜찮은 의뢰를 받을 수가 있다. 그 아래의 것들은 솔직히 크게 의미가 없었다. 이미 너무 많은 유저가 의뢰를 하고 있는 상태라 경쟁만 치열했다.

하지만 65레벨 이상의 의뢰부터는 이야기가 좀 다르다. 65레벨 전이 단발성 의뢰라면 그 이후부터는 연계되는 의뢰가 많기 때문이다. 무혁은 연계성 의뢰를 원했다. 그렇기에 65레벨을 목표로 한 것이다.

"연사, 간다!"

외친 무혁이 활뼈에게 명령했다.

연사.

뼈 화살이 지브라의 본체로 나아갔다. 그러자 분신이 본체의 앞에 나타나 방패를 사용해 뒤로 밀려났다.

"어스!"

타이밍에 맞춰 어스의 마법이 펼쳐졌다. 땅의 일부가 쑤욱하고 솟구친 것이다.

퍼억.

거기에 등이 닿은 지브라가 아래로 떨어졌다. 메이지의 마법이 그 순간 놈에게 꽂혔다.

콰과과광!

절묘한 연계 공격으로 상당한 이익을 봤다.

상처 입은 지브라가 혀를 날름거리면서 비틀거렸다. 기회를 놓칠 두 사람이 아니었다. 소환수를 지휘하여 강력한 공격을 이어 나갔고 결국 버티지 못한 지브라가 쓰러졌다.

[경험치가 상승합니다.]

이후 무혁의 사체 분해까지.

[지브라의 가죽을 획득합니다.]

이번에는 뼈가 나오지 않았다. 아쉬움을 뒤로하고 남은 경험치를 올리기 위해서 다시 사냥을 시작했다.

3시간 후.

드디어 성민우의 레벨이 65가 되었다.

"오우, 예!"

목적을 달성하자 성취감이 차올랐다. 지금은 아주 작은 크기였지만 이 성취감을 한번 맛보게 되면 보다 더 큰 성취감을 원하게 된다. 꽤 커진 성취를 이룩하면 그것보다 더 거대한 성취를 원하게 되고. 그렇게 빠져드는 것이다.

이 일루전이라는 세계에.

"바로 가자고."

"좋지!"

둘은 마을로 돌아가 워프게이트를 타고 위브라 제국으로 향했다. 용병 길드에 도착한 두 사람은 꽤나 번잡한 내부로 들어섰다. 홀 중앙에 놓인 책자를 손에 집어 든 후 줄을 서서 기다렸다.

"이거나 보고 있어."

"뭔데?"

"우리가 맡을 수 있는 의뢰들."

"아, 이거 보고 먼저 택해야 하는 거야?"

"아니."

"그럼?"

"저기선 원하는 걸 추려서 보여주거든. 이 의뢰서는 맡을 수 있는 의뢰 전부가 들어 있는 거고. 효율은 나쁜데 가끔은 이런 의뢰서에서 진짜 괜찮은 게 나올 때도 있거든."

"으흠."

납득한 성민우가 책을 펼쳤다. 무혁도 의뢰서를 확인했다.

촤락.

첫 장을 펼치자 홀로그램처럼 떠올랐다.

[벨린 마을의 위험]

[벨린 마을은 위브라 제국과 가장 멀리 떨어진 곳이다. 크기가 매우 작고 유동 인구가 적어서 경비원이 존재하지 않는다. 일이 생겨 제국으로 연락이 올 때만 경비원을 보내어 상황을 수습할 정도로 취약한 공간이다. 그 마을이 지금 스몰 사이클로프스의 위협으로 인해 사라질 위기에 처해 있다. 벨린 마을의 생존을 위해 스몰 사이클로프스를 처치하라. 그 증표로 가죽을 최소 100장 이상 구하라.]

[적정 레벨 : 58]

[적정 등급 : D]

[성공할 경우 : 가죽의 개수에 따른 경험치]

괜찮지만 보상이 경험치 하나뿐이었다.

게다가 단발성이었고.

무혁이 원하는 연계 퀘스트와는 거리가 멀었다. 곧바로 다음 장으로 넘겼다.

[왕국을 위협하는 자]

[위브라 제국에 속한 몇 개의 왕국 중에 하나인 함마 왕국을 위협하는 강력한 몬스터가 등장한 것으로 알려져……]

역시 몬스터 퇴치 의뢰였다.

다음.

괜찮아 보이는 의뢰가 잘 보이지 않았다. 그사이 줄이 빠르게 줄어들었다.

"다음이 우리 차례야."

"아, 그래?"

성민우의 말에 정신을 차린 무혁은 아쉬운 마음에 마지막으로 의뢰서 한 장을 더 넘겼다.

[파스칼의 무덤을 찾아서]

[파스칼의 들판에 위치한 그의 무덤을 찾아라.]

[성공할 경우 : 경험치. 퀘스트]

[적정 레벨 : 66]

[적정 등급 : C]

무혁의 눈이 커졌다.

어……!

내용은 참으로 부실했지만 무혁이 찾던 연계 퀘스트였기 때문이다.

뭘 보고 연계 퀘스트임을 알 수 있냐고?

보상에 나와 있는 퀘스트라는 단어 덕분이다. 게다가 등급도 C, D등급보다 훨씬 어렵다는 소리였다.

"어서 오세요."

마침 무혁과 성민우의 차례가 되었다.

"아, 네."

"용병패를 보여주시면 적당한 의뢰를 보여드리겠습니다."

무혁은 일단 용병패를 꺼냈다. 성민우와 함께 건네자 홀로그램이 떠올랐다.

흐음…….

몇 가지 사냥 퀘스트, 제국 관련 단발성 퀘스트도 보였다. 하지만 역시 보상이 가장 좋은 연계 퀘스트 의뢰는 보이지 않았다.

운이 좋았어.

무혁은 홀로그램을 끄고 말했다.

"여긴 없네요. 전체 의뢰에서 골라도 되겠죠?"

"물론입니다."

"그럼 '파스칼의 무덤을 찾아서'로 하죠."

"알겠습니다."

그 순간 메시지가 떠올랐다.

[퀘스트를 수락하시겠습니까?]

[Yes/No]

당연히 예스였다.

[퀘스트 '파스칼의 무덤을 찾아서'가 갱신됩니다.]

무혁이 몸을 돌렸다.

"가자."

"어, 이거면 돼?"

"응."

따라나온 성민우에게 지금 얻은 퀘스트에 대해서 설명해
줬다.

"허어, 이게 연계 퀘스트란 말이지?"

"그래. 게다가 C등급이라 상당히 까다로울 거야."

"까다로워야 재밌지."

과연 어떤 보상이 기다릴까.

기대하며 파스칼의 들판으로 향했다.

작은 마을에 도착했다.

그곳에서 1시간 정도를 걸어서 끝이 보이지 않는 들판에 도착했다. 사방의 지평선이 시선을 잡아끌었다. 숲도, 나무도, 바다도 그 무엇도 존재하지 않았지만 대신 각양각색의 꽃들이 꿈틀거리며 살아 움직이고 있었다. 그 장관에 절로 입이 떡하니 벌어졌다.

"크으, 죽인다."

"일루전의 매력이지."

물론 아름답기만 한 것은 아니었다.

푸르르!

특유의 소리를 내뱉으며 돌아다니고 있는 몬스터만 아니었다면 보다 더 오랫동안 여유를 즐겼으리란 생각을 하며 손에 들린 무기를 강하게 쥐었다.

"이 넓은 곳에서 찾아야 하는 거지?"

"어."

파스칼의 평원 어딘가에 무덤이 있을 것이다. 문제는 몬스터가 사방에 있어서 계속 피하는 게 불가능하단 점이었다.

"결국 잡으면서 찾아야겠네."

"그래야겠지."

꽤 시간이 걸릴 것 같았다.

"뭐, 좋아. 경험치도 올리고."

마침 다가온 한 마리의 몬스터가 보였다. 초원을 달리는 말의 생김새였으나 검붉은 갈기를 흩날리며 꽤나 위협적인 포스를 뿜어내고 있었다. 변종 야생마였다.

레벨이 60 정도였나?

현재의 무혁과 성민우에겐 그리 위협적이지 않았다.

"잡자."

사냥을 시작하려는 순간이었다.

"저기요."

고개를 돌리자 여성 유저 다섯 명이 눈에 들어왔다.

레벨 60을 찍는 순간 친구들과 함께 파스칼의 평원으로 왔다. 변종 야생마가 날뛰는 곳이었지만 처음부터 다섯이 모여 같이 성장한 덕분에 호흡이 아주 좋았다. 그래서 무리 없이 사냥이 가능하리라 판단했다. 그런데 생각과는 달리 상당히 까다로웠다.

"으으, 아무래도 나 혼자만으로는 힘드네."

"탱커가 한 명 정도 더 필요할 것 같은데……."

지금까지의 사냥터에서는 혼자서도 무난하게 탱킹이 가능

했었다. 레벨보다 조금 낮은 몬스터를 잡았기 때문이다. 이번엔 60을 찍은 기념으로 동레벨 몬스터에게 도전한 것인데 들어오는 대미지가 상당히 컸다.

"어쩌지?"

그 물음에 다섯 명 모두 주변을 훑었다. 휴식을 취하고 있던 남성 유저들의 시선이 그녀들에게 꽂혔다. 다섯 모두가 여성이었고 전원이 평균 이상의 외모를 소유하고 있었으니 어쩌면 당연한 일이리라. 그녀들 역시 굳이 말하지 않아도 그 사실을 알고 있었다.

"으음, 파티원을 추가할까?"

"그게 좋겠지?"

평소라면 그러지 않았겠지만 이번에는 여자라는 사실을 조금 이용하기로 했다. 여기까지 오는데 걸린 시간이 아까웠기 때문이다.

"서로한테도 윈윈이고."

"누가 좋을까?"

주변을 둘러보는데 몇 명이 눈에 들어왔다.

"저 사람 어때?"

"음, 세 명인데?"

"좀 많은가?"

"많지."

"더 적은 팀이 없어 보이는데?"

고민하던 마법사 유저 이가영의 시선에 누군가가 들어왔다. 천천히 걸음을 옮기고 있는 두 남성이었다.

"어, 저기!"

"두 명이네?"

"오, 딱 좋다!"

"근데 직업을 모르잖아."

"한 사람은 맨손이고. 한 사람은 활이네."

"무투가랑 궁수인가 봐."

"상관없잖아. 무투가면 그럭저럭 앞에서 상대가 가능할 테니까."

"맞아. 그 정도면 충분하지."

"가서 이야기해 보자."

"좋아!"

당당하게 걸음을 옮겨 두 사람에게 다가갔다.

"저기요."

그리고 말을 건넸다.

스윽.

고개를 돌려 쳐다보는 두 남성 유저의 눈에 의문이 서렸다.

"혹시 두 사람이 전부세요?"

"그런데요?"

"저희랑 파티하지 않으실래요?"

갑작스러운 말에 성민우도 무혁도 입을 다물었다. 이가영의 한쪽 입꼬리가 올라갔다.

"여기 몬스터가 꽤 까다롭거든요. 두 명이서는 힘들어요. 저희랑 같이 파티하면 서로한테 좋을 것 같아서요."

그 미소에는 우월감이 가득했다.

잠시 서로를 쳐다보는 두 사람.

무혁은 뚱했고 성민우는 조금 관심이 있는 표정이었다. 확실히 혹할 수 있는 상황이긴 했다. 꽤 아름다운 외모의 여성 다섯과 함께 파티 사냥을 한다? 꽃밭을 구르며 레벨을 올리는 게 아닌가.

"어때요? 괜찮죠?"

무혁은 고개를 저었다. 애초에 목적이 다르기 때문이다.

"괜찮습니다."

"네……?"

"둘이면 충분해서요."

"둘이면 충분하다고요?"

"네."

당황한 표정을 그대로 드러내는 여성 유저들의 모습에 절로 실소가 새어 나왔다.

그렇게도 확신이 있었나?

"아이고, 제 친구가 무뚝뚝해서요. 아무튼 죄송해요!"

성민우가 다급히 무혁을 끌었다. 여성 유저들은 멍하니 그 모습을 바라보다 표정을 굳혔다.

"뭐야, 저 사람들!"

"완전 비매너네."

"생각이 없나 봐. 어떻게 거절을 할 수가 있어?"

"그러니까."

"아니, 그것보다 둘이서 뭘 하겠다는 거야?"

"그렇게 자신이 있나?"

"자신이 아니라 자만이겠지."

그녀들의 목소리가 꽤 커서 내용이 들리지 않을 수 없었다. 그래도 무혁과 성민우는 뒤를 돌아보지 않았다.

"야, 저거 봐. 호박씨 까잖아."

"잘못한 건 없잖아."

"어이, 어이. 킹스걸 영화도 모르냐? 매너가 사람을 만든다!"

"매너는 무슨."

"그래도 여자들인데."

"여자가 벼슬인가."

"쩝, 그래도 아쉽다."

"사냥이 목적이었으면 파티도 괜찮았겠지만."

"알아, 아는데. 그래도 아쉽잖아."

"저거 봐라. 아직도 뒷담화 중이잖아. 저래도 아쉽냐?"

"아쉬운 건 아쉬운 거지. 아리따운 여성들에게 둘러싸일 수 있는 좋은 기회를 놓친 거잖아. 하아, 내 인생에 이런 날이 또 언제 오려나."

그사이 변종 야생마와의 거리가 더욱 좁혀졌다.

푸르르!

그 순간 놈이 지면을 강하게 차며 달려왔다.

"어, 온다."

"싸워야지."

"아아, 그래. 소환."

"소환."

그제야 스켈레톤과 정령을 소환하는 두 사람이었다.

멀어지는 무혁과 성민우를 바라보며 계속 투정을 부리던 다섯의 여인은 마침 야생마와 가까워진 두 사람을 보며 입가에 비웃음을 머금었다.

"저거 봐."

"어머. 저 궁수는 화살도 안 쏘고 뭐하는 거래?"

"둘이서 뭘 하겠다는 거야. 도대체."

그 순간이었다.

키릭, 키리릭.

스으으.

족히 스물은 훌쩍 넘어 보이는 스켈레톤과 상당히 큰 덩치를 자랑하는 네 마리 속성의 정령이 모습을 드러냈다.

"어……?"

네크로맨서랑 정령사?

아니, 그래도 저 숫자는 도대체 뭐지?

게다가 저 형상은 또 뭐고.

기존에 알던 개념이 와장창하고 깨져 버렸다. 말문이 막혀 버린 와중에 전투가 벌어졌다. 매우 까다롭다고 여긴 60레벨의 변종 야생마가 처참하게 짓밟히고 있었다.

히이이잉…….

울부짖음이 처량하게 들릴 정도였다. 순식간에 쓰러진다.

털썩.

회색으로 물들며 사라진 야생마는 너무나 비현실적이었다.

1분은 걸렸나? 다섯 명의 여인이 동시에 눈을 비볐다. 그러곤 서로를 쳐다봤다.

"헛것 아니지?"

"어, 아니야……."

"……."

모두들 당혹스러운 표정이었다. 그중에 한 사람. 유난히 불안을 감추지 못 하는 여인이 있었는데 무혁에게 직접 말을 건넸으며 또한 뒷담화의 막을 올린 이가영이었다.

"랭커였던 거야……?"

"하아, 완전 쪽팔려. 어떻게 해."

그 순간 무혁의 차가웠던 표정과 시선이 떠올랐다.

"우리 기억하겠지?"

"당연하지."

"길드도 있을 거 아냐."

"저 정도면……."

"척살령이라도 내리면 어쩌지?"

그 말에 나머지 네 사람이 고개를 휙 하고 돌렸다.

척살령?

그 말을 건넨 여성 유저를 빤히 바라봤다.

"안 그러란 보장 있어?"

"그건 아니지만……."

확실히 장담할 순 없는 문제였다.

"설마 그렇게까지 할까?"

"일루전에 미친놈들이 얼마나 많은데."

"쉿, 들리겠다."

"이미 아까 욕하던 거 다 들었을걸?"

"……."

가만히 듣고만 있던 이가영이 입술을 잘근잘근 깨물었다.

레벨60을 어떻게 키웠는데. 얼마나 노력하면서 키웠는데.

척살령이라고? 그럴 순 없었다.

저벅.

그녀가 앞으로 나아갔다.

"가, 가영아?"

대답 없이 걸음을 내디뎠다. 하지만 무혁과 가까워질수록

그녀의 어깨가 조금씩 내려갔다.

이윽고 지척에 도달했을 때.

"저, 저기……."

고개를 돌린 그와 눈이 마주쳤다. 흠칫하며 시선을 피해버렸다.

"죄, 죄송해요."

"네?"

무혁이 이상한 표정으로 쳐다봤다.

뭐야, 갑자기.

이내 고개를 들어 눈이 마주친 그녀가 다시 한번 사과를 해왔다.

보다 정중하게.

"랭커신 줄도 모르고……."

"아."

"하, 한번만 봐주세요. 뒤에서 욕한 것도 사과할게요!"

지금 상황에 뭐라고 해야 할까.

사실 랭커가 아니다? 아니면 사과를 받아주겠다?

무혁은 딱히 할 말을 찾지 못해서 침묵을 지켰다. 옆에서 지켜보던 성민우가 나서지 않았다면 그 침묵은 꽤 오랫동안 이어졌을 것이다.

"아, 하하! 괜찮아요. 괜찮습니다."

"저, 정말요?"

"그럼요. 그러니 어서 가 보세요."

"고맙습니다!"

그녀가 고개를 꾸벅하고 숙이더니 등을 돌려 빠르게 뛰어간다. 그 뒷모습을 보면서 다시 한번 깨달았다.

보다 강한 힘을 지닌 자가 지배하는 세상.

그곳이 바로 일루전임을 말이다.

무혁과 성민우는 야생마를 사냥하며 파스칼의 들판을 누볐다.

"지금 생각해도 놀랍다, 진짜."

"나도."

다섯 여인과 있었던 일.

"일루전이 대단하긴 해."

그 말에 감히 누가 동의하지 않으랴.

일루전이 대단하지 않았다면 오늘 같은 경험도 없었을 테니까.

"우리도 그 사람들처럼 되지 말란 법이 없어."

"우리가?"

"그래, 혹시라도 거대 길드하고 시비가 붙어서 척살령이 떨어지면 사냥터로 나가는 건 포기하는 게 빠를 정도니까."

"그 정도면 접어야겠는데?"

"아무래도."

"그렇게까지 하려나?"

무혁은 단호히 고개를 끄덕였다.

이미 그러고 있었고.

"앞으로는 더욱 심해질 거야. 아, 내가 힘을 보여주니 다들 굴복하는구나. 현실과는 다르게 폭력적으로 일을 해결해도 아무런 제제를 받지 않는구나. 뭐든 할 수 있구나. 그렇게 깨닫는 유저가 조금씩 많아질 테니까. 많아지면 많아질수록 다툼도, 싸움도 늘어날 거야. 그 사이에 우리가 휩쓸리지 말란 법이 없지."

"……."

무혁의 말은 분명히 옳았다.

"맞아. 그게 인간이니까."

"그래서 더 강해져야 돼."

"으음, 차라리 길드를 만드는 건 어때?"

그 부분도 생각은 하고 있었다. 다만 한 가지 문제는 지금 당장 길드를 만들어봐야 의미가 없다는 것이다. 재수가 없으면 거대 길드에게 찍혀 순식간에 박살이 날 수도 있고 그게 아니더라도 가파른 성장세를 보이면 견제를 받기 일쑤다. 차라리 지금은 조용히 홀로 크는 게 낫다.

"지금은 아니야."

"지금은? 그럼 나중에는?"

"글쎄……."

뭔가 있긴 하지만 구체적으로 알려주진 않았다. 사실 무혁도 당장 뚜렷한 생각이 있는 것은 아니었다.

"길드 만들면 나도 넣어줘라."

"당연하잖아."

"그럼 됐어. 어, 온다."

세 마리의 변종 야생마가 달려왔다.

히이이잉!

스켈레톤을 소환한 후 아처와 메이지에게 공격을 명령했다. 달려들던 녀석들이 공격을 맞고 뒤로 크게 밀려났다. 정신을 차리고 다시 돌진하려는 순간 어느새 도착한 강화뼈와 검뼈들 그리고 정령들이 놈들을 감싼 채 검을 휘둘렀다. 그 사이사이로 정령들의 공격과 보조적인 마법이 펼쳐지면서 일대 장관을 연출했다.

"좋아, 나도 움직여 볼까!"

심심했는지 성민우가 주먹을 풀었다.

파밧.

지면을 차면서 앞으로 나아갔다. 야생마와 마주한 그가 스킬을 연속적으로 사용하며 화려한 몸놀림을 선보였다.

주먹질 한번, 발길질 한번에 야생마가 고꾸라진다.

"으라차차차!"

우렁찬 기합성은 덤이었다.

파스칼의 들판은 넓었다. 그냥 넓다는 단어만으로는 감당이 되지 않을 수준이었다.

"후아, 미치겠네."

"그래도 절반 이상은 돌아본 것 같은데."

"그래서 더 짜증 나는 거지. 절반이나 돌아봤는데······."

그들은 아직도 무덤을 찾지 못했다. 벌써 3일이나 흘렀다. 이젠 야생마를 몰아서 사냥하는 경지에 이르렀다.

"지금 몇 마리야?"

"다섯."

"저 앞에 두 마리 있으니까 가서 잡자."

사실 돌아다닌 범위만 보자면 그렇게 오래 걸릴 넓이가 아니었다. 문제는 사방에 위치한 몬스터였다. 놈들을 잡으면서 이동해야 했기에 몇 배 이상의 시간이 걸리고 있었다. 그렇다고 무시하고 갈 수도 없었다. 전력을 다해 도망쳐도 야생마는 좀처럼 포기하지 않았기 때문이다. 오히려 성민우나 무혁보다 더 빨라서 앞지른 상태에서 공격을 해오기도 했다.

처음에는 두세 마리가 모이면 사냥을 했지만 이젠 아니었다. 적어도 여섯 마리는 모여야 달리는 것을 멈추고 전투를 시작하곤 했다.

파바밧.

열심히 달려가는 두 사람의 앞에 있던 야생마 두 마리.

히이이잉!

크게 포효하며 달려들었다.

스윽.

몸을 숙이며 공격을 피한 후 자리에 섰다.

"후우."

현재 모인 몬스터 야생마는 총 7마리였다.

"소환."

그제야 소환수를 불러내었다.

스켈레톤 25마리, 정령 4마리, 총 29마리의 소환수로 7마리의 몬스터 야생마를 압박했다.

히이이잉!

몇 번의 시도 끝에 알게 된 적정한 몰이 숫자였다.

강력한 활쏘기.

죽은 자의 축복.

스킬을 사용하는 사이 성민우는 전투의 중심으로 난입했다.

"크아아압!"

검뼈와 강화뼈의 완벽한 원형진.

마뼈의 강력한 대미지.

활뼈의 정확도 높은 조준력.

그리고 정령들의 조화로움.

[경험치가 상승합니다.]×3

순식간에 세 마리를 처리했다. 수가 줄어든 이상 상대하기
는 더욱 쉬워졌다.

히이이잉…….

티끌모아 태산이라던가.

[경험치가 상승합니다.]×4

한 마리의 경험치는 낮았지만 7마리 정도가 되면 상당히
쏠쏠한 편이었다. 덕분에 이 지루한 탐색을 버틸 수 있는 것
이었다. 경험치가 낮았더라면 진즉에 퀘스트를 포기했을지도
몰랐다.

후우, 어렵네.

무혁도 무덤을 찾는 게 쉬운 일이 아님을 인정했다. 이전 생
에서 들어본 적도 없었다. 아무리 무혁이 일루전을 많이 보고
듣고 또 탐색하면서 지냈다고 하더라도 모든 퀘스트를 일일이
모두 기억할 순 없었다.

대륙이나 제국이 영향을 끼치는 정도라면 모를까.

그렇다고 포기하자니 아깝다. 벌써 절반이 넘게 둘러본 이
상 끝을 봐야만 했다. 지금까지 소비한 시간을 만회하기 위해
서라도 말이다.

"가자."

"어."

다시 걸음을 내디뎠다.

저벅.

무거운 발걸음을 옮기며 주변을 훑는다. 무덤처럼 생긴 곳
은 보이지 않았다. 그래도 혹시 몰라 이동하면서도 시선을 떼
지 않았다. 하지만 좌, 우측을 끝까지 확인하고 나아가기엔 시
간이 너무 부족했다. 그래서 눈으로 대충 훑을 수밖에 없었는
데 하필이면 그 순간 무언가가 뇌리를 스치고 지나갔다.

"어, 잠깐만."

"왜?"

"무덤이 우리가 알고 있는 모양이 아니면?"

"뭐? 무슨 소리야?"

"그러니까 무덤이라고 생각해서 솟아오른 곳만 찾고 있었
잖아."

"당연하지."

"그게 아니라 평평할 수도 있고 아니면 오히려 파였을 수도
있는 거 아니야? 여긴 일루전이잖아."

"아……!"

동시에 걱정이 들었다.

"이미 지나쳤을 수도 있겠네."

"그럴지도……."

순간적으로 암울해졌다. 이내 고개를 젓는다.

"어쩔 수 없지. 제대로 살펴보는 수밖에."

"저 끝에서 끝까지, 전부 말이지?"

무혁이 고개를 끄덕였다.

"너무 오래 걸리진 않을까?"

"이미 이틀이나 넘게 허비했는데 아깝잖아."

"으음."

"그냥 사냥한다고 여기자."

"후우, 그래. 경험치는 쏠쏠한 편이니까."

몰아서 사냥하면 현재 잡을 수 있는 최고 레벨의 몬스터 한 마리를 잡는 것과 비교해도 그리 느리지 않은 경험치 상승 속도를 보여주고 있었다. 그러니 무덤을 찾는 것이 아니라 그냥 애초에 사냥을 한다고 여기면 차라리 마음이 편하리라.

천천히 걸음을 내디뎠다.

저벅.

정확한 확인을 위해 먼저 아래로 끝까지 내려갈 계획이었다. 그렇게 들판의 끝에 도착하면 시야가 확실히 닿지 않는 구역까지만 이동한 후 왔던 길을 돌아가면 된다. 그리고 다시 끝에 도착해서 옆으로 이동한 후 같은 방식으로 왔던 길을 돌아가는 방식이었다.

시간이 훨씬 더 걸리겠지만 확실하게 하기 위해선 어쩔 도리가 없었다.

제5장
파스칼의 영혼

퍼센트그램 '일루전의 세계'가 시작되었다.

1주일이란 긴 시간을 기다린 유저들이 각자의 장소에서 그것을 시청하기 시작했다. 일루전 홈페이지에도 지금 일루전의 세계가 방송되고 있다는 게시물이 수시로 올라왔다. 붉은 탑 클리어와 연관된 내용이 나올지도 모른다는 그 사실이 유저들을 TV 앞으로 끌어당겼다.

-안타깝게도 붉은 탑이 클리어되었는데요. 그 탓에 누가 붉은 탑을 클리어한 것인지 궁금해하는 유저분이 많더라구요. 저희 일루전의 세계 홈페이지에도 문의글을 많이 남겨주셨는데요. 많은 분의 예상대로 저희가 클리어를 했을까요? 아니면 다른 누군가의 개입이 있었던 걸까요. 일단 저희가 노력했던

모습을 화면에 담아봤답니다. 재밌게 감상해 주세요!

유라의 말과 함께 화면이 바뀌었다.

일루전, 붉은 탑 6층이었다.

-이제 7층이 머지않았으니 조금만 더 힘내자구요!

유라의 응원과 함께 전투를 하는 장면이 편집되어 나왔다. 멋들어진 편집으로 인해 전투는 영화처럼 비현실적이었다. 그런데 한편으로는 저런 전투를 일루전 속에서 언제라도 경험할 수 있기에 또 현실적으로 다가오기도 했다.

전투가 마무리되고, 다시 이동하는 모습이 나온다. 이후 쉬는 장면이 나오고, 다시 전투하는 장면과 나아가는 장면이 짧게 편집되어 이어졌다.

그리고 모두의 표정이 굳는 장면까지.

-아, 7층……!

뒤이어 7층에 진입했다.

그때까지만 해도 많은 시청자가 고개를 끄덕였다.

일루전 홈페이지에도 이런저런 의견이 올라왔다.

[제목 : 역시, 일루전의 세계에서 깬 거네요.]

[제목 : 유라가 대단하긴 하네요.]

[제목 : 아니죠, 공략법이 대단한 거죠.]

계단이 모두 끝나고, 드디어 7층의 내부가 그 모습을 드러냈다.

드넓은 홀. 그 중심에 오롯이 선 몬스터 한 마리.

당황하는 유라와 유저들. 그들에게로 돌진하는 모습.

이후 일어난 격돌.

-크윽!

-뭐가 이렇게 세!

화면 아래로 문구가 나타났다.

〈이 몬스터의 정체는?〉

이후 다시 전투가 벌어지고 녀석이 충격파를 사용하는 모습이 잡혔다. 주변 유저들이 그 공격 한번에 사방으로 밀려났다. 누군가는 쓰러졌고 누군가는 벽에 부딪혔다. 정말 처참한 광경이 아닐 수 없었다.

〈75레벨의 보스 몬스터, 외눈박이 거인!!〉

〈추정되는 HP가 무려…….〉

〈스킬은 충격파라는 것으로 진동을 극대화시켜…….〉

뒤이어진 문구에 경악성이 서린다. 시청하는 유저들 역시 마찬가지였다.

└반동 : 허어. 7층은 보스 몬스터였구나.

└탭탭 : 근데 지금 보고 있는데 너무 강한 거 아닌가?

└어드벤처 : 그러게. 저건 공략법이 없겠지?

└봉식 : 당연하지. 누가 저걸 밝혀내겠어.

└정력왕 : 그럼 힘들겠는데?

└지게 : 그 말은 일루전의 세계가 클리어한 게 아니다?

└선녀 : 모르죠. 일단 좀 더 지켜볼 수밖에.

그러는 동안에도 전투는 이어졌다.

쿠웅!

하지만 충격파가 나올 때마다 유저들은 혼비백산했다. 그래도 조금씩 적응하면서 서서히 그 영향력에서 벗어나려하고 있었지만 조금 더 서두를 필요가 있어 보였다.

그 순간이었다.

유저들의 집중 공격이 펼쳐지고.

콰과과광!

화면이 조금 이상하게 넘어갔다. 편집 기술이 좋아서 눈치를 챈 사람은 많지 않겠지만 분명 조금 이상했다. 하지만 뒤이어지는 장면에 그런 생각은 멀리 사라져 버리고 말았다.

-크르, 크르르…….

눈이 감겨 버린 외눈박이 몬스터.
폭주해 버린 녀석의 파괴력과 귀신같은 움직임이 시청자들의 눈을 사로잡은 탓이다. 순식간에 유저들을 처참하게 짓밟는다.

-어, 어어……

뒤이어 화면이 크게 뒤틀리더니 꺼져 버리고 말았다.
충격 그 자체.
멍하니 있는 가운데 화면이 방송국 세트장으로 넘어갔다.

-잘 보셨나요? 안타깝게도 저희는 전멸하고 말았답니다. 과연 누가 저희와 비슷한 시간에 클리어를 했는지는 모르겠지만 아무튼 정말 대단하다는 말밖엔 해드릴 수가 없겠어요. 직접 경험한 입장에서 저 몬스터는 정말 대단했거든요.

옆에 있던 남자MC도 거들었다.

-저는 일루전은 하지 않지만 영상만으로도 소름이 돋았다니까요.

-에, 정말요?

-으, 얼마나 무시무시하던지. 직접 저런 녀석과 싸우다니, 유라 씨는 겁도 없어요?

-뭐, 가상이니까요.

결론이 내려졌다.

[제목 :일루전의 세계가 클리어한 것이 아니다!]

[제목 : 대반전에 소름까지! 그럼 도대체 누구?]

게시물이 다시 한번 일루전 홈페이지를 도배했으나 누구도 답을 내리지 못했다.

└서예 : 비공식 랭커 파티가 아닐까?

└트레인 : 진짜 궁금하다.

└원두커피 : 내 생각엔 거대 길드가 깨뜨리고서 모르는 척을 하는 것일수도······.

의미 없는 추론만 내어놓을 뿐, 진실은 알 수 없었다.

무혁은 며칠 전에 작성한 계약서를 보며 한숨을 쉬었다.

"쩝……"

외눈박이 몬스터를 처치한 게 누구인지 비밀로 하는 대신 다음 정보를 반드시 일루전의 세계에 넘겨야만 한다는 계약서였다. 물론 조건은 붉은 탑 공략법을 알려줬을 때와 같았다. 그 정도로 무혁을 신뢰한다는 의미이니 기분은 좋았지만 아직 어떤 정보를 줘야 할지 정하지도 않은 마당에 미리 계약부터 해놓으니 조금 신경이 쓰이는 것도 사실이었다.

뭐, 적절한 때가 오겠지.

계약서를 서류 가방에 넣었다.

드드드.

그 순간 문자가 왔다. 방송국으로부터 들어온 마지막 인센티브였다. 금액은 크지 않았지만 상관없었다.

일종의 보너스였으니까.

현재 생활비 통장에 든 금액을 보며 무혁은 몸을 일으켰다. 일루전을 주식을 구입하기에 충분한 금액이 모여 있었다.

그래도 적당히 사야지.

먼저 증권사 통장으로 돈을 입금시킨 후 앱을 이용해 일루전 주식을 매입했다. 적당한 가격에 자동매입을 걸어놓으니 얼마 지나지 않아 문자가 왔다.

드드드.

[일루전 2주 매입]

[일루전 1주 매입]

[일루전 1주 매입]

소량씩 매입되었지만 주당 가격이 큰 탓에 돈이 뭉텅이로 빠져나갔다.

현재 주당 가격이 390만 원.

9주 만 샀는데도 2,970만 원을 써버렸다.

으음……

고민하다가 멈췄다. 여기까지만 사자. 남은 돈 1800은 만약을 위해 남겨두기로 했다.

월세, 공과금, 자동차 리스비 등등 내야 할 것도 많았고, 또 세상일이란 게 아무도 모르는 법이기에 여웃돈이 조금은 있어야 마음이 든든했기 때문이다.

그래도 30주는 넘겼어. 현재 총 35주.

휴대폰을 내려놓고, 곧바로 일루전에 접속했다.

[일루전에 오신 것을 환영합니다.]

성민우가 먼저 접속한 상태였다.

"왔냐."

"어."

곧바로 파티를 맺었다.

[유저 '강철주먹'과 파티를 맺으시겠습니까?]

[Yes/No]

예스를 택했다.

이후 파티의 이름을 미친놈으로 바꿨다.

[파티명이 '미친놈'으로 변경됩니다.]

성민우는 이미 익숙한 듯, 미친놈이란 파티명에 대한 어떤 반론도 없이 사냥을 나섰다.

"사냥, 사냥! 또 사냥이다!"

무덤을 찾기 위해 거의 1주일을 허비했다. 생각하면 할수록 열이 받고 가슴이 답답해져서 무덤에 대해선 아예 잊어버리려고 애쓰고 있었다.

퍼벅, 퍼버벅!

반쯤 정신을 놓고 야생마를 정신없이 두들겼다.

히이이잉……

몬스터인 변종 야생마가 불쌍하게 느껴질 정도였다.

"죽어! 죽어라! 으하하하!"

그를 보며 무혁은 만족스럽다는 듯 고개를 끄덕였다.

파티명 미친놈.

저 모습과 아주 잘 어울렸다.

"또 와라, 또 와!"

사방을 돌아다니며 날뛰었다.

[경험치가 상승합니다.]×3

무혁은 검뼈 네 마리를 역소환시킨 상태라 MP가 오히려 차오르는 상태였다. 덕분에 쉼 없이 사냥을 하면서 전투와 이동을 이어 나갔다.

[경험치가 상승합니다.]×4

물론 사체 분해는 필수였다. 몬스터를 많이 잡다 보니 재료도 상당히 모였다.

[변종 야생마의 뼈(×2)를 획득합니다.]

[변종 야생마의 가죽(×4)을 획득합니다.]

지금은 조금이라도 시간을 단축시키기 위해 뼈와 가죽 모두 모아두는 상태였다. 뼈 조립은 나중에 몰아서 하면 되기에 큰 문제는 없었다.

"으라차차차!"

성민우가 또다시 발광했다. 그 순간이었다.

우지직.

기이한 소리와 함께 성민우가 허우적거렸다.

"어, 어어!"

그러곤 아래로 추락했다. 떠오르는 메시지에 입이 벌어졌다.

['파스칼의 무덤'을 발견하셨습니다.]

[파스칼의 무덤 내부에서 획득하는 경험치가 50퍼센트 상승합니다.]

퀘스트에 변화가 발생했다.

[퀘스트 '파스칼의 무덤을 찾아서'를 완료합니다.]

[경험치를 획득합니다.]

[퀘스트 '파스칼의 영혼을 찾아서'로 이어집니다.]

드디어 발견한 것이다. 파스칼의 무덤을!

게다가 바로 다음 퀘스트로 이어졌다.

"찾았다, 찾았다고!"

아래에서 올라오는 성민우의 외침을 듣고서야 정신을 차렸다. 무혁은 서둘러 구멍이 난 공간으로 몸을 던졌다. 중심을 잡지 못하고 넘어지면서 충격이 미미하게 올라왔다. 몸을 일으킨 후 주변을 훑었다. 그렇게 어둡지 않아 시야 확보에 무리가 없었다.

"찾긴 찾았네."

"후아, 좋기는 한데. 이거 생각이 좀 없는 거 아니냐? 이딴 곳에 있는데 도대체 어떻게 찾으란 거야? 내가 미친 듯이 돌아다니다가 바닥을 밟고 떨어졌기에 망정이지. 그냥 지나쳤으면……."

주절주절 떠드는 성민우의 넋두리를 한 귀로 듣고 한 귀로 흘렸다.

"진짜 일루전 징하다. 나였으니 망정이지 아니었으면……."

아니었으면?

아마도 곳곳에 이런 구멍 같은 바닥이 존재하리라 예상하는 무혁이었다. 물론 입 밖으로 내뱉지는 않았다. 덕분에 일찍 찾았다는 건 분명한 사실이었으니까.

"나중에 한 턱 쏜다."

"진짜?"

"그래."

"오케이, 좋았어!"

두 사람 모두 표정이 풀렸다.

파스칼의 무덤.

이곳을 찾기 위해 허비한 시간이 얼마던가.

거의 1주일에 가까운 시간이었다.

"이제 가 볼까?"

이미 경험치를 상당히 얻었지만 그것만으로는 부족했다. 본전, 아니, 그 이상을 뽑으리라 다짐하며 전투적인 눈빛으로 걸음을 내디뎠다. 그제야 퀘스트의 내용이 궁금해진 무혁이 상세한 내용을 확인했다.

[파스칼의 영혼을 찾아서]

[무덤 깊은 곳에 잠들어 있는 파스칼의 영혼을 찾으십시오.]

[성공할 경우 : ?]

보상도 물음표였고 실패할 경우는 아예 나와 있지도 않았다.

조금 이상한데.

영혼을 찾으라고 했다. 그럼 찾지 못하면 실패라는 소리인데 왜 그에 관해서 나와 있지 않은 것일까.

지금 무혁과 성민우가 무덤에서 나가도, 또 아주 긴 시간이 흘러도 실패하지 않는다는 소리인가, 아니면 어떤 선택을 하더라도 실패하는 경우가 없다는 소리인가.

후자겠지?

일루전은 아주 교묘하다. 실패할 경우가 없다는 것은, 즉 실패할 수 없다는 소리였다. 지금 당장 무덤에서 나가더라도 뭔가가 있으리라. 길은 무수하다. 그중에 하나를 택해야 한다.

재밌겠네.

무덤에서 나가는 선택은 제외했다. 그냥 나가서 끝내는 것보다는 무덤 내부를 살펴보는 것이 조금이라도 더 나을 테니까.

저벅.

길을 거닐던 두 사람이 멈췄다.

"갈림길이네?"

한 길은 휑했고 다른 곳은 기둥이 길을 막고 있었다.

"뭐야, 이건?"

가만히 살펴보니 내부에 영롱한 빛깔을 뿜어내는 보석이 숨어 있었다.

"보석?"

"예쁘긴 한데……."

"부서뜨려야 하나?"

"글쎄."

지나가려 해도 기둥이 길을 막고 있어서 그럴 수가 없었다. 마치 자신을 부서뜨리지 않으면 나아갈 수 없다는 것처럼 유혹하고 있지 않은가. 괜히 꺼림칙했다.

그럼 휑한 길을 택해서 나아간다면?

만약 함정이라면?

괜히 생각이 많아지면서 혼란스러워졌다. 고개를 흔들었다. 간단하게 생각하자. 어디로 가도 정답이란 보장이 없으니 일단은 부서뜨리고 변화를 살펴본 후에 움직이는 게 더 좋을 것 같았다.

"어떻게 할래?"

"그냥 부수자."

"오케이."

무혁의 말에 성민우가 기둥에 다가가 주먹을 내뻗었다.

퍼억!

큰 소리와 함께 기둥이 흔들렸다. 하지만 부서지진 않았다.

"흐읍······!"

한방에 부서지지 않는 기둥에 자극을 받은 성민우가 스킬까지 사용해서 기둥을 가격했다.

드드드.

거친 진동과 함께 기둥이 부서졌다. 내부에 있던 보석이 흩뿌려지더니 두 사람을 집어삼켰다.

['파스칼의 영혼'이 울부짖습니다.]

[파스칼의 무덤 내부에서 모든 능력치가 소폭 하락합니다.]

메시지를 확인한 성민우가 중얼거렸다.

"능력치가 떨어졌네?"

능력치의 하락?

중요한 건 그게 아니다. 영혼이 울부짖는다. 저 문구를 해석할 필요가 있었다. 방금 전 그 보석이 신체에 흡수되면서 능력치가 하락했으니 어쩌면 저 보석이 파스칼의 영혼일지도 몰랐다. 아니, 영혼이 아니더라도 그와 관련이 있는 무언가임은 확신했다.

결국 저걸 얻어야 하는 건가? 어떻게?

기둥을 부서뜨리면 흡수된다. 그리고 능력치는 하락한다. 그럼 기둥을 부서뜨리지 않아야 한다는 말이다. 그제야 반대쪽의 횅한 길이 눈에 들어왔다.

저기구나.

저 길을 따라가면 무언가가 있으리라. 이미 기둥을 부서뜨리긴 했지만 저 길의 끝에 존재하는 무언가를 확인해야만 할 것 같았다.

"이쪽으로 가 보자."

"기둥이 막고 있던 곳이 아니고?"

"응, 아마 이쪽으로 갔으면 기둥을 해제할 뭔가가 있었을 거야."

"아하!"

"기둥이 부서지긴 했지만 확인은 해보려고."

"그래, 확실하게 가는 게 좋지."

한번의 실수가 죽음으로 이어지고 그 죽음은 곧 24시간 접속불가 페널티로 이어지기 때문에 신중할 필요가 있었다. 기둥이 없던 길을 택해 나아갔다. 얼마나 이동했을까.

스스슥.

무언가 쓸려 나가는 소리가 들려왔다.

"소리 들리지?"

"어."

두 사람은 곧바로 경계태세에 들어가며 전투를 준비했다.

스슥, 스스슷.

소리가 조금씩 빨라졌다. 그제야 저 멀리서 무언가가 다가오는 게 보였다.

"읍……!"

성민우가 신음을 흘렸다.

바닥을 기어오는 것은 다름 아닌 자이언트 지네였기 때문이다. 이름 그대로 거대한 몸집을 지닌 지네였는데 수백 개가 넘어가는 다리가 더욱 부각되면서 징그러움이 배가 되었다.

"으, 뭐가 저렇게 더럽게 생겼어?"

"싸우기 싫다."

"하아, 그냥 뒤로 갈까?"

"……."

물론 그건 말이 되지 않았다.

제장.

징그러워도 참고 싸우는 수밖에 없었다.

"차라리 빨리 죽이자."

그러면 회색으로 물들며 사라질 테니까. 두 사람의 눈에 타올랐다. 그래, 피할 수 없다면 차라리 죽여라!

마지막 단어가 조금 이상하긴 했지만 그게 무슨 대수랴.

"소환."

서둘러 스켈레톤을 소환했다.

검뼈들에겐 돌진을, 활뼈와 메이지에겐 공격을 명령했다.

거대 몬스터와 마주치면 어떨까.

워낙 커서 그 덩치만 보고서도 위압감을 느낄 수 있을 것이다. 공포감을 느껴 도망칠 수도 있고 혹은 몸이 굳어버릴지도 모른다. 하지만 싸울 것이라 다짐한 이들에게는 아주 맞히기 쉬운 거대한 과녁이 되기도 한다. 어디를 어떻게 공격해도 명중시킬 수 있는 좋은 대상이 되는 것이다. 지금의 상황이 그러했다.

팡! 파방!

오랜만에 시위를 마구잡이로 당겼다 놓았다.

화살을 걸고 시위를 당기고 시위를 놓고.

파앙!

또다시 화살을 걸고 시위를 놓았다.

거의 마구잡이식으로 화살을 날렸음에도 불구하고 대부분의 화살이 자이언트 지네의 어느 한 부분에는 꽂혔다. 어차피 대미지는 똑같이 박히기에 굳이 섬세하게 노릴 필요가 없었다.

스스슷.

하지만 거대한 만큼 HP가 높았다. 쉽게 쓰러지지 않았다. 큰 몸을 이용하여 길을 막아버린 후 서서히 거리를 좁혀왔다. 그러곤 스켈레톤을 무수한 다리로 차버리거나 혹은 입을 벌려 으적거리며 씹어 먹었다. 문제는 씹힐 경우 뼈가 부서지기에 HP가 많이 남아 있어도 전투력을 상실한다는 점이었다. 그 탓에 벌써 검뼈 세 마리가 전투 불능에 빠졌다.

검뼈7, 10, 12 소환 취소.

강화뼈1, 2 앞으로.

다행이라면 강화뼈는 그런 문제가 없다는 사실이었다. 갑옷을 걸친 덕분이기도 했지만 뼈 자체가 워낙에 내구성이 뛰어나서 씹혀도 크게 타격을 입지 않았다.

키리릭!

두 녀석을 활용해 놈을 제지시키는 한편 활뼈와 메이지로 공격을 퍼부었다.

콰광, 콰과광!

정령도 크게 활약하고 있었다.

"흐아아압!"

성민우는 사방을 뛰어다니며 틈이 보이면 곧바로 달려들어 놈을 가격했고.

강력한 활쏘기, 죽은 자의 축복.

무혁도 스킬을 아끼지 않았다.

그 순간이었다.

스슷.

녀석이 갑자기 몸을 틀었다.

그러더니 발을 빠르게 놀리더니 도망치기 시작했다. 엄청난 속도로 멀어진 녀석은 순식간에 모습을 감췄다. 너무나 갑작스러웠기에 그 모습을 바라볼 수밖에 없었다. 성민우와 무혁은 당황스러운 표정을 감추지 못한 채 놈이 사라진 곳을 한참 동안 응시했다.

"……."

허탈한 침묵이 흘렀다. 뒤늦게 정신을 차린 성민우가 외쳤다.

"저, 미친 몬스터 새끼!"

분노로 가득 찬 절규였다.

몇 가지 의견을 나눈 후 다시 걸음을 옮겼다.

스스슷.

마침 녀석이 나타났다.

"지금!"

"알았어."

무혁의 몸에서 영롱한 빛이 새어 나왔다.

윈드 스텝.

조금은 달라진 세상.

그곳을 누볐다.

순식간에 놈과의 거리를 좁힌 무혁은 슬쩍 옆으로 이동하며 놈의 다리를 공격했다. 엄청난 이동속도가 휘두르는 속도로 이어졌기에 절삭력이 증가했고 덕분에 다리를 잘라낼 수 있었다. 옆으로 나아가면서 검에 걸리는 다리가 우수수 하고 떨어졌다. 그 순간 머리 위에서 살기가 느껴졌다. 무혁은 서둘러 방향을 틀어 옆으로 벗어났다. 그 직후 놈의 얼굴이 무혁이 있던 자리에 꽂혔다. 고개를 든 녀석의 이빨에서 모래와 돌멩이가 떨어졌다.

스팟.

무혁은 어느새 놈의 반대편으로 이동한 상태였다.

사사삭.

검에 잘려 나가는 다리들.

키에에엑!

지네가 꿈틀거리며 발악했으나 기본적으로 워낙에 좋은 스탯에 윈드 스텝의 효과까지 배가 되었다. 그 탓에 지네의 느린 동작으로는 결코 무혁을 따라잡을 수가 없었다. 순식간에 놈의 다리 수십 개 이상을 잘라낸 무혁이 성민우의 옆에 섰다.

"진짜 많이도 잘랐다."

"이 정도는 해야지."

그래야 도망치지 못할 테니까.

"아깐 얼마나 어이가 없었는지."

성민우가 깍지를 낀 후 손가락과 손목을 비틀었다.

우드득.

소리와 함께 앞으로 나아간다.

"윈드. 어스."

지면을 차는 것과 동시에 바람이 불어 성민우를 휘감았다.

순간적으로 빨라진 그가 지네의 얼굴로 뛰어올랐다.

쿠쿠쿵.

지네의 얼굴 아래쪽에서 바닥이 치솟았다.

절묘한 타이밍이었다.

얼떨결에 얼굴이 솟아오른 지네가 몸을 틀기 직전.

퍼억.

성민우의 뒤꿈치가 정확하게 꽂혔다. 그 직후 날아오른 파이어가 지네의 단단한 얼굴 피부를 물어뜯었다.

콰직.

살짝 뜯겨진 피부에서 불꽃이 일었다.

"간다!"

"오케이!"

바닥으로 착지한 성민우가 옆으로 몸을 던진 직후 두 가지 속성의 마법이 쏟아졌다. 먼저 이글거리며 타오르는 창이 놈의 피부를 타격했다. 방금 전 성민우와 어스, 파이어의 공격으로 인해 충격이 더욱 컸으리라. 뒤이어 칼날보다 날카로운 바람이 상처를 헤집었다.

키에에에엑!

지네가 발버둥 치는 사이 어느새 날아온 얼음의 알갱이가 전신을 적셨다.

타격은 크지 않았으리라.

번쩍.

하지만 뒤이어 떨어진 벼락이 물과 만나며 파괴력이 증가되었다.

활뼈, 연사.

몸을 부르르 하고 떨어대는 녀석의 피부에 뼈 화살까지 꽂혔다. 그제야 정신을 차렸는지 놈은 커다란 몸뚱이를 거칠게 좌우로 휘저었다. 그러다 돌연 방향을 틀더니 도망치기 시작했다.

"잡아!"

다리가 꽤 많이 잘려 나간 탓일까. 놈의 움직임이 전과 같지 않았다.

파바밧.

충분히 따라잡는 게 가능했다.

"좋았어!"

"윈드! 어스!"

무혁과 성민우는 놈의 뒤를 쫓으며 연이어 공격을 가했다.

쿠웅.

그제야 쓰러지는 자이언트 지네였다.

[경험치가 상승합니다.]

정말 끈질긴 녀석이었다.

⬤

더 이상 몬스터가 나타나지 않아 길의 끝에 금방 도착할 수 있었다. 그곳에는 성민우가 부서뜨린 것과 같은 모양의 기둥이 있었다. 물론 그 투명한 기둥 속에도 보석이 있었는데 다만 한 가지, 두 보석이 뿌리는 색깔이 달랐다.

앞서 길을 막고 있던 보석이 넘치는 색기로 남자를 유혹하는 붉은 빛깔의 여인이라면 이곳 기둥에 박힌 보석은 수수하면서도 청초한 매력을 발산하는 순백의 여인이었다.

"엄청나게 밝은데?"

"이것도 부술까?"

역시 어떤 장치는 보이지 않았다.

그럼 깨뜨리라는 소리.

"부서뜨려 보자."

성민우와 무혁이 동시에 기둥을 타격했다.

쿠우웅.

몇 번의 공격으로 기둥이 부서지고 새하얀 빛깔이 둘을 휘감는다.

['파스칼의 영혼'이 안정을 찾습니다.]
[파스칼의 무덤 내부에서 모든 능력치가 소폭 상승합니다.]
[갈림길을 막고 있던 기둥이 사라집니다.]

무혁의 예상대로였다.

갈림길을 막고 있던 기둥이 사라졌다. 하지만 첫 번째와 두 번째 메시지가 무혁을 조금 혼란스럽게 만들었다.

영혼이 안정을 찾았다?

갈림길에 있던 기둥을 부서뜨렸을 땐 분명히 울부짖었다고 나왔다. 다시 퀘스트를 확인했다.

[파스칼의 영혼을 찾아서]
[무덤 깊은 곳에 잠들어 있는 파스칼의 영혼을 찾으십시오.]
[성공할 경우 : ?]

단순히 영혼을 찾으라고만 나와 있었다.

무엇을 더 부서뜨리느냐에 따라서 다른 영혼이 나타나는 건가?

울부짖는 영혼이냐. 혹은 안정된 영혼이냐.

어느 쪽을 선택하느냐에 따라 보상이 다를 가능성이 높았다.

흐음, 그렇다면…….

과연 뭐가 더 좋은 선택일까.

단순히 안정되어 있다고 해서 좋다고 확신할 순 없었다. 안정되어 있기에 오히려 보상도 그에 어울리는 수준일 수 있기 때문이다. 반면 울부짖는 영혼의 경우 높은 확률로 이성을 잃은 상태일 터. 그럼 어떻게 잘만 유도한다면 오히려 과한 보상을 얻을 가능성도 있지 않을까.

물론 완전 꽝일 가능성이 더 높겠지만.

"방금 메시지 봤지?"

"어, 봤어."

"처음에는 울부짖는다고 나왔고 지금은 안정을 찾았다고 나왔잖아. 내가 볼 땐 우리가 영혼의 상태를 선택해야 하는 문제인 것 같은데."

"아……!"

성민우가 이해를 했다.

"선택에 따라 보상도 다르겠네."

"그렇지."

"와우, 엄청난데, 이거!"

"엄청나?"

"그럼, 당연하잖아. 선택에 따라서 보상도 달라진다? 크으, 역시 일루전이네!"

"언제는 징하다더니."

"그건 그때고."

"뭐, 그래. 대단다고 치고. 선택은 뭘로?"

"흐음, 아무래도 붉은 게 기분이 나쁘긴 한데. 또 그렇게 단순하게 생각하자니 꺼림칙하고 말이야."

"나도. 일반적으로 생각한다면 새하얀 보석이 박힌 기둥을 택하면 보상도 적절한 수준이겠지. 붉은 기둥을 택하면 어떻게 될지 모르겠고."

"새하얀 기둥은 안전빵. 붉은 기둥은 도박이란 거네."

"비슷하지."

"좋아. 그럼 고민할 것도 없지!"

"음?"

"난 붉은 기둥에 한 표!"

"왜 그런 결과가 나오는 건데?"

"인생은 한 방이니까."

"……."

"뭐, 그렇잖아. 무난한 것 보다는 확률이 낮더라도 대박을 노리는 게 더 재밌기도 하고."

"재미?"

"어, 재밌잖아."

성민우의 그 말이 귀에 꽂혔다. 지금껏 미리 알고 있던 정보를 이용해 쉽게 성장한 탓에 재미가 반감된 건 분명한 사실이었다. 정보를 판매하여 돈도 쉽게 벌었다. 그래서 조금은 잊고 있었는지도 모른다. 단 한 번만이라도 일루전을 해보고 싶었던 그때의 마음을.

재미라……

괜히 가슴이 찌르르 하고 울렸다.

"별론가?"

성민우의 물음에 정신을 차렸다.

"아니, 좋아."

"그래?"

"어, 아주 좋아."

성민우의 의견을 따르기도 했다.

그래, 재밌을 것 같았으니까.

다시 갈림길이 나타났다. 마찬가지로 한 길은 뚫려 있었고 한 길은 기둥으로 막혀 있었다.

"부순다?"

"그래."

두 사람은 함께 기둥을 공격했다.

퍼버벅!

몇 번의 공격이 이어지자 기둥에 금이 갔고 얼마 지나지 않아서 부서졌다. 내부에 있던 붉은 보석이 빛으로 변해 두 사람을 휘감는 순간.

['파스칼의 영혼'이 울부짖습니다.]
[파스칼의 무덤 내부에서 모든 능력치가 소폭 하락합니다.]

그 메시지가 떠올랐다.

"이런 식이면 쉽겠는데?"

계속해서 길을 막는 기둥만 부수면서 가면 될 것이란 생각이 들었다. 그럼 시간이 크게 단축될 것이고 어쩌면 오늘 안으로 영혼을 깨울 수도 있을 것 같았다. 물론 두 사람의 그런 생각은 바로 다음 갈림길에서 깨어지고 말았지만.

"허어, 이런."

"길을 막고 있는 게 백색의 기둥이라……."

무혁의 말 그대로였다.

이번에 길을 막고 있는 기둥은 붉은 보석이 박힌 기둥이 아니라 새하얀 보석이 박힌 기둥이었다. 그러면 결국 기둥이 없는 길로 나아가야 했다. 그 길의 끝에 붉은 보석이 박힌 기둥이 있을 테니까.

"어쩐지 쉽다고 했어."

결국 자이언트 지네를 다시 잡아야만 했다.

그 징그러운 모습. 그리고 끈질긴 생명력.

"어쩔 수 없지, 뭐."

싫은 기색을 역력하게 보이면서도 두 사람은 걸음을 내디뎠다.

스스슷.

머지않아 자이언트 지네와 마주쳤다.

윈드 스텝.

이번에도 무혁은 스킬을 사용했다.

[‘윈드 스텝’을 사용했습니다.]

[MP(50)가 소모됩니다.]

그리고 1초다 흐를 때마다 20의 MP가 소모된다. 그렇기에 최대한 빨리 놈과 거리를 좁힌 후 다리를 잘라내는 무혁이었다. 손끝을 타고 오르는 기괴한 느낌을 참아내며 자이언트 지네의 주변을 휩쓸었다. 대략 50초, 그러니까 MP 1,050을 소모하여 지네의 다리 왼쪽에 위치한 다리 대부분을 잘라냈다.

스슷, 스스슷.

덕분에 놈의 움직임이 한쪽 방향으로 쏠렸다.

"좋아, 쉽겠는데?"

"빨리 처치하자. 징그러."

"그래, 소환!"

"스켈레톤 소환."

스켈레톤과 정령들이 놈을 공격했다.

콰과광!

균형 감각을 잃어버린 자이언트 지네였기에 시간만 조금 오래 걸릴 뿐, 위협은 거의 없다고 봐도 과언이 아니었다. 그렇게 놈을 처치하고 길의 끝에 도착했다. 예상대로 기둥이 있었다. 기둥을 공격해 부서뜨리자 메시지가 떠올랐다.

처음과는 조금 다른 내용의 메시지가 눈에 들어왔다.

[파스칼의 영혼이 두 번 울부짖습니다.]

[파스칼의 무덤 내부에서 모든 능력치가 추가적으로 소폭 하락합니다.]

[갈림길을 막고 있던 기둥이 사라집니다.]

그 문구로 추리해 봤다.

"쉽게 생각하자면 붉은 기둥을 깰 경우 영혼이 일종의 타격을 받는 거네."

"그래서 울부짖는 거고."

"그렇지. 백색의 기둥을 깨뜨리면 영혼의 상처가 치유가 되는 거고. 방금 메시지에 두 번이라는 숫자가 있었으니까 결국 정해진 횟수를 채워서 기둥을 파괴하면 울부짖는 영혼이 깨어나는 것 같은데?"

"호오."

"물론 아닐 수도 있지만."

그냥 단순하게 길의 끝에서 횟수에 따른 보상을 얻는 것인지도 모른다. 물론 이런 추리가 무슨 큰 의미가 있는 건 아니었다. 뭐랄까, 그냥 하게 된다고 해야 될까. 무언가를 보고서 파악하려는 본능이었다.

"아무튼 돌아가야지."

"그래."

뒤로 돌아 갈림길로 나아갔다. 원래는 백색의 기둥이 막고 있었지만 지금은 사라지고 없는 그 길로 진입했다. 한참 나아가자 다시 갈림길이 나타났다. 이번엔 붉은 기둥이 길을 막고 있었기에 곧바로 부서뜨리기만 하면 되었다.

[파스칼의 영혼이 세 번 울부짖습니다.]

[파스칼의 무덤 내부에서 모든 능력치가 추가적으로 소폭 하락합니다.]

이후 스탯을 확인해 봤다.

"능력치가 꽤 떨어졌네."

"어. 한 6, 7퍼센트 정도."

한 번에 대략 2퍼센트 이상은 하락하는 것 같았다.

"열 번만 쌓여도 20퍼센트인가?"

"아, 그러네."

순간 성민우의 표정이 굳었다.

"그 상황에서 자이언트 지네를 상대해야 되는 거야?"

"어."

"쩝. 우리 진짜 말도 안 되는 길을 택한 것 같은데?"

"되돌리긴 힘들지."

"되돌리잔 얘긴 아냐. 어렵긴 하겠지만 그만큼 보상이 좋을 지도 모른다는 예감이 들거든."

확실히 힘든 길이다. 백색의 기둥을 부서뜨렸다면 오히려 능력치가 상승했을 것이고 그러면 아주 무난하게 클리어가 가능했으리라. 하지만 무혁과 성민우는 그와는 반대의 길을 택했다. 분명한 것은 백색의 기둥보다는 훨씬 험난하다는 사실이다.

그렇다면 그에 합당한 보상이 있지 않을까?

과연 무엇이 기다리고 있을까. 기대와 걱정을 한 아름 안고서 다시 걸음을 옮겼다.

방송국에서의 일을 마치고 집으로 돌아가는 두 사람.

김민호 PD와 유라였다.

"오랜만에 같이 가네."

"요즘 너무 바쁘고 피곤해, 삼촌."

"방송이 원래 그래."

"그래도 여기 올 때가 제일 좋아. 일루전의 세계는 재밌거든."

"그럼 다행이고."

일루전이라는 단어가 나오니 분위기가 좋아졌다. 인생 최고의 게임이며 또한 평생을 바칠 새로운 세상이다. 한번도 안 해본 사람은 있어도 한번만 해본 사람은 없다는 말이 나올 정도로 그 중독성은 상상을 초월한다. 당연히 화제의 중심에 있고 생각만으로도 기대되지 않을 수 없었다.

"아, 빨리 집에 가서 일루전에 접속하고 싶다!"

"녀석."

"참, 삼촌. 저번에는 내가 막 사냥하고 있는데……."

이런저런 이야기가 자연스레 이어진다.

"그 녀석이 말도 안 되는 정보를 뿌리는 거야. 그래서 내가……."

문득 유라의 표정이 굳어졌다.

운전을 하던 김민호가 슬쩍 쳐다보더니 물었다.

"왜 그래?"

"아, 아니야. 그냥."

"뭔데, 말해봐."

"그러니까……."

한참을 망설이던 그녀가 물었다.

"아, 별건 아니고. 그냥 요즘은 괜찮은 정보…… 없어?"

"괜찮은 정보?"

"응, 탑 관련 정보라던가."

"요즘엔 잘 안 보이더라."

"아, 그렇구나."

그 순간 김민호가 씨익 하고 웃었다.

"뭐, 계약도 끝났고. 인사도 할 겸 다시 한번 만나긴 해야 하는데."

"어, 어……?"

"그 사람 얘기하는 거 아냐?"

"그, 그 사람이라니?"

"아니면 말고. 안 그래도 식사나 한번 하자고 연락할 참이었는데."

"……."

유라가 고개를 숙였다. 그 모습에 김민호가 물었다.

"같이 갈까?"

"내, 내가 왜!"

"왜는? 같이 붉은 탑도 진행했고, 또 괜찮은 정보 있으면 다시 계약도 해야 하고, 안면 익혀두면 좋잖아."

유라는 대답하지 못했다. 그날이 떠올랐다.

취조하러 왔냐고, 화를 내던 모습에 가슴이 아팠었다.

그런 의도는 아니었는데…….

그 이후로 다시 연락을 하지 못했다. 이상하게 주저하게 되었다. 어쩌면 연락이 오길 기다린 건지도 모른다.

내가 무슨 생각을.

아무튼 이번에도 먼저 나서서 그를 만나려니 자존심이 상했다.

"싫어. 안 가."

"아직 시간 있으니까 생각해 봐."

"……."

대답은 쉽게 나오지 않았다.

벌써 기둥 다섯 개를 더 부서뜨렸다.

콰아앙!

부서진 잔해 사이로 영롱한 빛을 발산하던 붉은 보석이 흩뿌려진다.

[파스칼의 영혼이 일곱 번 울부짖습니다.]

[파스칼의 무덤 내부에서 모든 능력치가 추가적으로 소폭 하락합니다.]

능력치의 하락은 총 15퍼센트 정도.

공격력, 방어력은 물론 HP와 MP, 이동 속도와 공격 속도, 심지어 반응 속도까지 하락한 상태였다. 그 탓에 자이언트 지네와의 전투가 조금씩, 아주 조금씩 버거워지고 있었다.

"나 체력이 6개나 떨어졌어. 힘은 3개, 민첩도 3개."

"난 힘이 7개."

"이러다 클리어 못 하는 거 아냐?"

"이만하면 괜찮은 거야."

"이게?"

"그래, 쪽수로 밀어붙일 순 있잖아."

"그렇긴 하지. 평범한 직업이었으면 붉은 기둥 깨뜨리는 건 생각도 못 하겠다."

네크로맨서에 정령파이터라서 능력치가 좀 떨어져도 여전히 쪽수로 밀어붙일 수 있는 메리트가 존재했고, 윈드 스텝을 사용해 높은 절삭력으로 지네의 다리를 잘라 버릴 수 있는 무혁도 있었다.

"계속 가 보자고."

"오케이."

그렇기에 모험을 감행할 수 있었다. 할 때까지 해보자. 그러다 보면 길이 보이리라.

저벅.

얼마나 나아갔을까. 갈림길이 나타났다.

"후우, 다행이네."

"이번이 여덟 번이지? 제발 열 번만 채우고 끝내자."

길을 막고 있는 붉은 보석이 박힌 기둥.

그것을 공격했다.

[파스칼의 영혼이 여덟 번 울부짖습니다.]

[파스칼의 무덤 내부에서 모든 능력치가 추가적으로 소폭 하락합니다.]

다시 길을 나아갔는데 이번에는 백색 보석의 기둥이 길을 막고 있었다.

"쩝……."

절로 혀를 차게 되었다.

"여기서 좀 쉬고 가자."

"아아, 그래."

마침 공복도도 떨어진 상태였다. 무혁은 쉬면서 요리 도구를 꺼내어 간단한 음식을 만들기 시작했다.

"먹어."

"땡큐."

음식을 먹자 메시지가 떠올랐다.

[공복도가 차오릅니다.]
[체력(1)이 30분 동안 증가합니다.]

맛도 괜찮았다.

"역시 요리를 배워서 그런지 다르다니까."

"당연하지."

현재 요리 스킬의 레벨이 5였다.

이젠 간단하게 만들어도 스탯이 1개는 올랐다.

"아, 잘 먹었다."

순식간에 흡입한 후 곧바로 출발했다.

"자, 가 볼까."

왼쪽 길의 중심에서 만난 자이언트 지네와 전투를 벌였다.

윈드 스텝.

스텝을 사용해 오른쪽에 위치한 수십여 개의 발을 제거했다. 방향 감각을 잃은 녀석을 상대하는 건 그리 어려운 일이 아니었지만 무혁의 스탯이 떨어진 탓에 스켈레톤의 스탯 역시 조금 하락한 상태였다. 대미지와 움직임이 하락했기에 조금 버거워진 게 사실이었다. 자연스럽게 시간이 상당히 소모되었다.

"더럽게 질기네."

"이건 뭐 보스도 아니고."

놈을 확실하게 처리하는데 걸린 시간이 무려 25분이었다.

갈수록 시간이 늘어나고 있었다.

"처음엔 20분도 안 걸렸던 것 같은데."

"그나마 네가 다리라도 잘라서 이 정도지. 아니었으면, 으으……."

생각만으로도 소름이 돋았다.

"슬슬 지친다."

"일단 오늘은 열 번만 채우자."

"오케이."

다시 힘을 내어 걸었다.

저벅.

다음 갈림길에서 길을 막고 있는 붉은 보석 기둥을 부서뜨렸다.

"마지막 하나."

이번에는 자이언트 지네와 30분이 넘는 사투 끝에 붉은 보석이 깃든 기둥 앞에 도착할 수 있었다.

"이거 깨뜨리면 열 번째 맞지?"

"어, 맞아."

"제발……!"

성민우와 무혁 두 사람 모두 이번이 끝이기를 희망했다.

"후읍!"

함께 기둥을 공격했다.

퍽, 퍼벅!

금이 가고 얼마 지나지 않아 기둥이 부서졌다.

어김없이 붉은 빛이 흩뿌려지고.

[파스칼의 영혼이 열 번 울부짖습니다.]
[파스칼의 영혼이 모습을 드러냅니다.]
[퀘스트 '파스칼의 영혼을 찾아서'를 완료합니다.]
[경험치를 획득합니다.]
[퀘스트 '울부짖는 파스칼'로 이어집니다.]

떠오른 메시지에 서로를 쳐다보는 두 사람이었다.

"돼, 됐어!"

그들의 바람이 이뤄졌다.

후우우웅.

그 순간 불어온 바람이 사람의 형상을 이뤘다.

"나, 나는…… 파스칼."

쇳소리가 고막을 때렸다. 듣기 싫을 정도의 거친 소리였다.

"나를…… 나를 죽여 줘……."

공허한 눈동자에 일그러진 표정. 흐르는 눈물.

무혁은 서둘러 퀘스트의 내용을 확인했다.

[울부짖는 파스칼]

[극한에 이른 슬픔이 파스칼을 집어삼킨 상태다. 그가 지닌 슬픔의 원인을 제거하라.]

[성공할 경우 : ?]
[실패할 경우 : 재도전 불가]

슬픔의 원인을 제거해야 한다. 무혁은 물었다.

"왜 죽기를 원하는 거지?"

파스칼은 그저 울었다.

"죽여 줘. 제발……."

무혁은 서두르지 않았다.

"죽고자 하는 이유는? 원인은?"

단어를 말하면서 무엇에 반응하는지 지켜봤다. 하지만 파스칼은 계속 죽여 달라는 말만 반복하고 있었다. 몇 가지 단어를 더 언급했다.

"도와주고 싶은데."

그 말에 파스칼이 반응했다.

"돕는다……?"

무혁의 눈이 빛났다.

"그래, 돕고 싶어."

파스칼이 같은 단어를 반복했다.

"돕는다, 돕는다."

무혁은 가만히 기다렸다.

"정말로, 나를 도와줄 수 있어……?"

고개를 끄덕였다.

"물론."

무혁이 대답한 순간 파스칼의 표정이 변했다.

스팟.

그러곤 아주 빠른 속도로 다가오더니 거대한 얼굴을 들이밀었다.

"크아아아악!"

듣기 싫은 포효를 내뱉으며 입을 벌렸다. 피할 수가 없었다.

"어, 어어……?"

그러곤 당황스러운 표정의 둘을 삼켜 버렸다. 어둠이 밀려든다. 아무것도 보이지 않았다. 이내 시야가 밝아졌다. 주변을 둘러봤지만 방금 전 있었던 장소와는 분명 다른 곳이었다.

"미친. 뭐야, 이건!"

"……."

"방금 우리 삼킨 거 맞지?"

"그런 것 같은데?"

"허어, 어이가 없네. 근데 여기 어디야?"

성민우가 투덜거리는 사이 무혁은 메시지를 확인해 봤다.

[퀘스트 '울부짖는 파스칼'을 완료합니다.]

[퀘스트 '고통의 원인'으로 이어집니다.]

[파스칼의 던전에 입장하셨습니다.]

[경험치(50%)를 추가로 획득합니다.]

[파스칼의 무덤 내부에서 모든 능력치가 하락했던 페널티가 사라집니다.]

[퀘스트가 작용하여……]

절로 눈이 커졌다. 한번도 들어보지 못했던 종류의 던전이 었다. 무혁이 아는 던전은 일반, 특수, 유니크, 고대 이 네 가지가 전부였으니까.

파스칼의 던전?

잠시 멍하니 있는데 순간 벼락을 맞은 것처럼 몸을 떨었다. 한 가지 사실이 떠올랐기 때문이다.

레벨도 다른데 어떻게?

던전의 경우 레벨의 제한이 있다. 정확하게 거기에 해당되는 레벨의 유저만이 들어올 수 있는 것이다. 하지만 무혁과 성민우는 레벨이 다르다. 그럼에도 불구하고 함께 이곳, 파스칼의 던전에 함께 입장했다.

말이나 되는가?

소름이 등골을 타고 올라왔다. 고개를 흔들었다.

뭐지? 도대체……!

뒤늦게 마지막 문구를 제대로 확인하지 않았음을 떠올렸다. 서둘러 메시지 창을 다시 켰다.

[퀘스트가 작용하여 레벨 제한이 일시적으로 해제됩니다.]

절로 탄성이 새어 나왔다.

"아……."

이럴 수도 있다는 걸 처음으로 알게 되었다.

"대박이다……."

"왜?"

"메시지 봤어?"

"어? 아니."

"빨리 읽어봐."

고개를 끄덕인 성민우가 허공을 응시했다. 얼마 지나지 않아 그의 두 눈이 더 이상 커질 수 없을 정도로 확대되었다.

"허어업! 뭐, 뭐야!"

기존 일루전의 상식을 깨버리는 일이었다.

아니, 잠깐만.

문득 과거의 일이 떠올랐다.

설마 그게 이거였어?

무혁이 전신마비로 지낼 때 일루전 내의 정보에 관해서 아주 유명한 유저가 있었다. 그는 때때로 자신이 알고 있는 정보를 풀었고 그 정보의 진위여부를 확인하기 위한 유저들의 행동이 게시물로 나오곤 했다. 그런 일들이 몇 번 반복되면서 해당 유저의 정보력이 매우 뛰어남을 알게 되었고 어느새 그걸 지켜보는 걸 하나의 낙으로 삼게 되었다.

물론 그가 밝히는 정보가 허황될 때도 있었다. 하지만 분명한 것은 대부분의 정보가 들어맞았다는 것이고 또 그랬기에 많은 인기를 얻었다는 사실이다.

그래, 맞아. 분명히……

그가 밝힌 무수한 정보 중에 이와 비슷한 내용도 있었던 것 같다.

뭐라고 했더라? 기존과는 다른 특이한 던전?

조금 더 생각해 봤지만 아쉽게도 거기까지가 끝이었다.

좀 더 확실하게 봐둘걸.

후회가 되었지만 이미 지나 버린 일이었다.

"원래 던전은 다른 레벨이면 입장이 안 되는 거 아니었어?"

"맞아."

"우와, 미치겠네."

무혁 역시 마찬가지였다. 낯설고 또 당황스러웠다. 하지만 한 편으로는 흥미로웠다.

두 사람 모두 같은 생각일까.

여전히 어이가 없었지만 그럼에도 입가에는 미소가 걸린 상태였다. 과연 이곳은 어떤 던전일까. 너무나도 궁금했다.

"갈까?"

"그래야지."

걸음을 막 내딛기 전이었다.

아, 퀘스트.

내용을 아직 확인하지 않았음을 깨달았다.

"잠깐만."

"왜?"

"퀘스트부터 보자."

"아……!"

[고통의 원인]

[울부짖는 파스칼은 본래 왕국의 기사였다. 사랑하는 연인과의 결혼을 앞두고 정찰 임무를 펼치다 마지막 순간 처참하게 목숨을 잃었다. 해당 던전의 마지막 장소에 떨어뜨린 파스칼의 물건을 찾아내어 그의 한을 풀어라.]

[성공할 경우 : 대량의 경험치 획득, 아이템 랜덤 상자 획득, 연계 퀘스트.]

[실패할 경우 : 파스칼의 저주]

내용도 보상도 나쁘지 않았다. 문제는 실패할 경우였다.

"저주라."

이런 저주의 경우 평생을 쫓아다닐 우려가 있다. 물론 신전에서 저주를 풀 수도 있지만 드는 비용이나 필요한 물품을 직접 구해야 하기에 상당히 오랜 시간이 걸릴 가능성이 높았다. 어쩌면 푸는 게 불가능할 수도 있다. 그러니 실패해선 안 된다.

성공하면 되지.

무혁은 손에 들린 활을 강하게 쥐었다.

"야, 실패할 경우 저주는 뭐냐?"

"몰라. 근데 상관없잖아. 깨면 되니까."

"물론 그렇긴 한데."

"쓸데없는 생각 할 필요 없어. 이건 진짜 대박 기회니까 난 무조건 클리어할 거야."

"이야, 의욕이 엄청난데?"

"당연하지."

퀘스트의 연계로 인한 던전의 입장?

이것만으로도 엄청난 정보가 된다. 게다가 퀘스트에 있는 보상만으로는 무언가가 부족했다. 저게 전부가 아닐 것만 같은 이상한 예감이 들었다.

뭔가가 있어, 뭔가가.

오랜만에 가슴이 뛰었다.

"가자."

"오케이!"

그래서 걸음을 더욱 재촉했다.

저벅.

조용한 던전의 내부, 두 사람의 발자국 소리만이 울리던 그때.

스슥.

이질적인 소리가 끼어든다. 성민우와 무혁 두 사람 모두 걸음을 멈추며 서로를 쳐다봤다. 고개를 끄덕인 두 사람은 더 이상 움직이지 않았다.

　고요한 가운데 이질적인 소리가 조금씩 커지고.

　잠시 기다린 끝에 그 주인공을 확인할 수 있었다.

　다음 날.

　어제 늦게까지 사냥을 한 탓에 오후가 넘어서야 잠에서 깬 무혁은 간단하게 씻은 후 몇 가지 반찬을 꺼내어 주린 배를 채웠다. 밥을 거의 다 먹었을 즈음 김민호 PD로부터 연락이 왔다.

　-오랜만이죠?

　"아, 네."

　-방송도 끝났고, 괜찮으시다면, 식사라도 대접하고 싶어서요.

　말이 식사 대접이지 정보에 대한 이야기나 다음 계약에 관한 이야기를 나누는 자리가 될 것이었다. 그게 눈에 훤히 보였기에 고민하게 되었다. 물론 괜찮은 정보가 있기는 하다. 파스칼의 던전에 관해 알린다면 이슈가 될 것이 분명했다. 많은 유저가 알고 있던 기존의 상식, 던전은 레벨이 정해져 있는 사실을 뒤집을 수 있을 테니까.

　하지만 고개를 저었다. 그럼 던전에 입장하게 된 경위에 대해서도 물을 것이다. 연계 퀘스트를 이용했다고 밝힌다면?

　앞으로 용병 길드에서 숨겨진 연계 퀘스트를 발견하여 해결

하는 게 훨씬 어려워질 것이다.

그럼 내 손해지.

당장의 조그마한 이익을 위해 황금 알을 낳는 거위의 배를 가를 순 없었다.

"시간을 내는 게 힘들 것 같네요."

-아, 그러세요? 유라도 같이 가고 싶어 했는데 아쉽네요.

순간 무혁이 미간을 찌푸렸다.

그 여자는 또 왜?

그날 이후로 한번도 연락을 한 적이 없었다. 껄끄럽기도 했고, 뭔가 좀 어렵기도 했다. 근데 막상 그녀를 만날 수도 있다는 생각을 하니 머리가 혼란스러웠다.

"음, 그래요?"

네, 나중에 시간 되면 연락 주세요.

"알겠습니다."

일단 통화를 종료했다.

"하아."

절로 한숨이 새어 나왔다.

유라. 잊을 만하면 떠올리게 된다. 쓸데없는 생각으로 치부하곤 애써 고개를 저으며 시간을 확인했다.

일단 일루전에 접속을……

그 순간 또 전화가 울렸다. 김민호 PD인가 싶었는데 아니었다. 아버지였다.

"네, 아버지."

-집이냐?

오늘은 평일이고 현재 시간은 2시였다. 회사냐고 묻는 게 정상이었다.

-집이냐고 물었다.

목소리가 심상치 않았다.

아, 젠장.

그것만으로도 들켰다는 것을 직감했다.

여기서 어설프게 거짓말을 했다간 더 큰 화를 부르리라.

"집이에요."

-지금 바로 와라.

"네……."

대답한 후 몸을 일으켰다. 그래, 기왕에 들킨 거 이참에 확실하게 이야기를 할 생각이었다. 혼이야 나겠지만 설마 죽이기야 하겠는가.

무혁은 성민우에게 문자를 보낸 후 서둘러 본가로 향했다.

잠시 후.

무혁은 BMW를 집 앞 주차장에 세웠다. 차에서 내린 후 고개를 들었다.

"후우."

이제 대문을 열고 들어가면 되는데 그게 참 어려웠다. 막상

아버지를 볼 생각을 하니 걱정이 되었기 때문이다.

끼이익.

그 순간 갑자기 대문이 열렸다.

"……."

아버지 강선우와 정면에서 눈이 마주쳤다.

잠시 침묵이 흐르고.

스윽.

무혁의 뒤를 바라본 강선우가 물었다.

"저 차는 뭐냐?"

"얼마 전에 구입했어요."

회사도 그만뒀는데 어떻게 된 걸까.

일루전을 한다는 말은 들었는데 거기서 돈을 벌었다고 여기기엔 무리가 있었다. 의문이 가득한 표정의 강선우였으나 끝내 물어보지 않았다.

"일단 들어와라."

"네."

함께 집으로 들어갔다. 어머니와 누나가 안절부절못하고 있었다.

"와, 왔어?"

"아들……."

무혁은 괜찮다는 듯 웃었다.

"크흠, 따라와라."

"네."

아버지를 따라 서재로 들어갔다. 책상 앞에 위치한 소파에 마주 앉았다.

"그래, 회사를 그만뒀다고?"

"네."

강선우의 미간이 일그러졌다.

"정신이 있는 거냐?"

"미리 말씀 못 드려서 죄송해요."

"후우, 그래. 이유라도 들어보자."

"더 이상 도태되기 싫어서요."

"도태?"

"네."

"회사를 다니는 게 도태되는 거냐?"

"아뇨."

"그럼 뭐가 도태된다는 거냐!"

"일루전을 하지 못 하는 거요."

"지금, 게임을 말하는 거냐?"

"네."

강선우가 고함을 쳤다.

"이 녀석이!"

"아버지."

"네가 지금 무슨 헛소리를 하는지 알긴 아는 거냐!"

"아버지."

"게임, 겨우 게임 때문에 회사를 그만둬!"

꽤 흥분했는지 얼굴이 붉어졌다. 무혁은 더 이상 그를 부르지 않았다. 입을 꾹 다문 채 기다렸다.

"왜 대답이 없어!"

아직은 아니었다.

"왜 대답이 없냐고 물었다!"

"제 말을 들을 생각이 없어 보여서요."

"뭐라고?"

"제가 왜 그런 선택을 했는지는 안 궁금하세요? 왜 회사를 그만두고 일루전을 하는지. 거기서 뭘 하고 있는지. 또 어떤 결과를 만들어내고 있는지. 지금 잘 살고는 있는지. 그런 부분은 안 궁금하시냐고요."

강무혁이 아버지를 쳐다봤다. 말투도 눈빛도 조금도 흔들리지 않았다.

"너……."

그제야 강선우도 흥분이 가라앉았다. 무혁의 확신이 깃든 시선에 정신이 든 것이다.

"그래, 말해봐라."

"아버지도 아시잖아요. 일루전이 얼마나 대단한지."

"물론 안다. 하지만 회사를 그만두고서 거기에 모든 것을 바쳐야 하는지는 의문이다. 회사를 다니면서 월급 받고 남는 시간에 즐겨도 충분하지 않느냐."

"아버지, 전 성공하고 싶어요."

"누가 뭐라고 하더냐."

"회사를 다녀선 이뤄내기 힘든 일이에요."

"일루전을 하면 성공할 수 있다는 거냐?"

"적어도 이전처럼 회사를 다니는 것보다는 가능성이 있다고 생각해요."

"허어······."

"무려 12억 명이에요."

일루전을 즐기는 사람의 수다.

"하루 거래량이 100억 달러가 넘고요."

일루전으로 들어가고 빠져나오는 돈의 액수다.

"처음으로 살아간다는 것에 감사하고 있어요. 그래서 현실에서도 더 건강 관리에 힘쓰고 있고요. 매일 운동하고 밥도 꼬박꼬박 챙겨먹어요. 회사 다닐 때보다 더 건강해졌고 그때보다 훨씬 여유로워졌어요."

"······."

"무엇보다도 사는게 즐겁고 재밌어요."

사는게 즐겁다는 말에 강선우가 눈을 감았다. 한참 동안 말이 없었다. 천천히 눈을 뜬 후 무혁을 쳐다본다. 분위기가 달라졌다.

"그렇게 좋은 거냐?"

"좋아요."

"즐겁다고?"

"엄청요."

"저 차도 일루전으로 산 거고?"

"네."

무혁이 단호하게 대답했다.

"후우."

한참을 눈을 감고 있던, 강선우가 천천히 고개를 끄덕였다. 그 모습에 속으로 환호성를 질렀다. 고개를 끄덕였다는 것은 곧 무혁의 결정을 허락한다는 뜻이었으니까.

　　　　　　　　　　●

대화를 마치고 서재에서 나왔다.

끼이익.

문이 열리자 조마조마한 표정의 어머니와 누나가 보였다.

"크흠, 밥이나 먹고 가라."

"네."

강선우의 말에 어머니와 누나가 크게 놀랐다.

"여, 여보."

어머니의 시선은 아버지에게로 누나는 무혁을 바라봤다.

"야, 어떻게 된 거야?"

"뭐가?"

"설마 허락받은 거야?"

"어."

"저, 정말?"

"그렇다니까."

"아빠!"

"음?"

"진짜 허락한 거야?"

"크흠, 그래."

"우와, 대박! 이건 대박 사건!"

확실히 놀라운 일이긴 했다. 무혁도 사실 이렇게 쉽게 허락을 받으리라곤 생각하지 못했다. 집으로 오는 동안 어쩌면 한동안은 본가와 연락을 끊은 채 지내야 하는 게 아닌가 걱정했을 정도였으니까.

"시끄럽다."

아버지의 말에 소란이 잦아들었다.

어머니는 주방으로 들어갔고, 누나는 무혁을 끌고선 소파에 앉혔다.

"야, 근데."

"어?"

"밖에 주차된 차는 뭐야? 네 차 아니지?"

"맞는데."

"어떻게? 저거 BMW잖아. 비싼차 아니냐? 저걸 일루전으로 벌어서 샀다고?"

"응, 레벨이 좀 높아."

"와, 이야기로만 들었는데 진짜 그렇게 벌 수 있구나."

"운이 따라준 거지, 뭐."

이런저런 이야기를 하고 있는데 어머니가 무혁을 불렀다.

"아들!"

"어?"

"두부 좀 사와 줄래?"

된장찌개를 끓이는 모양이었다.

찌개에 두부는 필수지.

무혁은 생각하며 몸을 일으켰다.

"그냥 아무거나 사오면 되지?"

"안 돼. 요 앞에 편의점에 가면 장인의 손맛이라는 두부 있을 거야. 그걸로 사와."

"편의점이면 좀 먼데……."

"부탁할게."

"알았어."

벗어 뒀던 점퍼를 걸치고 집을 나섰다.

to be continued